VISŲ VAIKAI

Cathy McGough

Stratford Living Publishing

KĄ SAKO SKAITYTOJAI...

„Man pasirodė, kad siužetas buvo intriguojantis ir su malonumu perskaičiau knygą iki galo.“

„Lengvai skaitoma, greitas tempas ir įdomi prielaida.“

IŠ IN:

„Gerai parašytas malonus trileris.“

Turinys

Vaikams.

EILĖRAŠTIS:

POPIERIAUS LĖLYTĖ

Popierinė lėlė susipainiojo vėjo sūkuryje
Išsekusi iš emocijų ji sukasi ir sukasi
Aplink ir aplink, balerinos piruetai
Mirksėdama grįžta į gyvenimo nesėkmes ir
apgailestavimus.
Karštligiškai bando iš jos gniaužtų ištrūkti
Jos ausyse vėjas šnabžda išprievartavimą.
Popierinę lėlę plėšo nuo galūnės iki galūnės
tik prisiminimas to, kas galėjo būti.

Ji nejaučia skausmo, nes yra tik vaikas
Ji nieko nejaučia.

Išgirskite vaikų šauksmą, kai jie svyruoja ir sukasi
miegodami.
Apsaugok juos nuo gyvenimo sūkurių.

Bėkite, vaikai, bėkite,
nebėra grandinių, kurios jus surištų.

Apsaugok juos nuo gyvenimo sūkurių.

SKYRIUS 1

BENJAMIN

Septyniolikmetis Benjaminas buvo kruopštus darbuotojas. Ypač nuo tada, kai metė vidurinę mokyklą. Du kartus per dieną, šešias dienas per savaitę jis lankėsi banke. Ryte - grynųjų pinigų. Po pietų - įnešti dienos pajamas. Ėjimas ten ir atgal buvo nesudėtingas: iki šio konkretaus ryto.

Jo dėmesį patraukė moteris. Apsiavusi aukštakulniais ji išsiskyrė kaip manekenas paplūdimyje. Auksinės etiketės ant jos rankinės ir akinių nuo saulės atspindėjo šviesą, todėl ji šokinėjo ir judėjo lyg ugnies žiburėliai. Per juodos suknelės be rankovių petį vilkėjo raudoną skarelę.

Bendžamino akys sekė šaliko tėkmę, kol jis pasiekė moters ištiestos rankos galą. Prie jos buvo pririšta maža mergaitė, kuri stengėsi neatsilikti. Vaiko, gal septynerių metų, ranka taip pat siekė atgal. Prie jos buvo pritvirtintas daiktas: grakšti natūralaus dydžio lėlė. Jis padarė dvigubą dublį, nes lėlės ir vaiko veidas buvo kopijos. Tada jis pastebėjo, kad lėlės ištiesta ranka taip pat siekia atgal - į nieką iř niekam. Gangsteriškos daikto kojos ir bateliai šlepsėjo grindiniu atnešdami užpakalį.

Susidomėjęs jis sekė keistąją trijulę, kai jie pasuko už kampo pakeliui į Ontarijo ežero pakrantės promenadą.

Moteris sustojo, patraukė nenoriai sekėjo ranką ir paspartino žingsnį. Mažylis suklupo ant žemės nepaleisdamas lėlės rankos. Ji susmuko ant kojų tik tam, kad gautų atgalinį smūgį į skruostą. Smūgį, kurio garsas privertė jį susigūžti, nes atrodė, kad jis atsiliepia.

Moteris ėjo sparčiai, kai vaiko žvilgsnis virto klyksmu. Ji atsilošė, šnabždėdama vaikui į ausį: sukelti tylias ašaras.

Padėjęs pirštą ant greitojo pagalbos numerio 911, jis įvertino situaciją. Jei būtų suaugęs vyras - jis būtų jai davęs į kailį. Vietoj to jis toliau juos stebėjo šešėlyje. Stebėjo. Pats save ramino svarstydamas, kas čia tokio skubaus.

Iš paskos su dantyta šypsena šokanti lėlė jam sukėlė šiurpą, todėl jis perėjo į kitą kelio pusę. Toliau stebėjo keistą trijulę. Ypač tai, kaip raudona moters skarelė kontrastavo su jos varnos juodumo plaukais ir suknele. Ji atrodė ne savo vietoje, tarsi būtų važiavusi į žurnalo fotosesiją su dviem vaikais.

Palaukite minutėlę. Lėlės tipas atrodė pažįstamas. Jo viršininkas Abė kartais užsisakydavo panašių lėlių per savo parduotuvę. Paprastai prieš Kalėdas.

Lėlės buvo kuriamos ir siunčiamos iš Europos. Prie kiekvieno užsakymo reikėdavo pridėti vaiko nuotrauką. Ji turėjo atkartoti veido spalvą, plaukų ir akių spalvą. Kitoje nuotraukos pusėje buvo įrašoma tokia informacija kaip ūgis, svoris ir batų dydis.

Tuomet jis pastebėjo, kodėl mergaitė vargsta. Ant kojų ji avėjo blizgančius sandalus, tokius, kurie apjuosia kulkšnis. Sandalai buvo gražūs, bet netinkami greitai vaikščioti. Jos dvynukei sandalai nebuvo problema, nes lėlė buvo tempiama šaligatviu.

Kai jie priėjo prie pirmojo parko suoliuko, moteris nusiramino. Ji nusijuokė, kai padėjo mažylei nusiimti kuprinę. Tada įsitikino, kad ji patogiai įsitaisė, ir tik tada ėmė rūpintis lėle. Ji sulenkė jos kojas ir atrėmė ją į sėdimąją padėtį.

Priėjo arčiau, fotografuodamas pakrantę, kol suvibravo jo telefonas. Tai buvo Abė, tikrinanti, kaip jis gyvena.

„Kur esi?" Abė parašė SMS žinutę. Abė buvo Benjamino viršininkas ir nuomotojas. Abė laikėsi tvarkos.

„Linija, B grįžk kuo greičiau", - parašė berniukas.

Abė atsakė nykščiu į viršų.

Moteris pasilenkė, kad būtų akis į akį su vaiku.

Paauglys nufotografavo visą Ontarijo ežero panoramą nuo CN bokšto iki Burlingtono.

„Mielasis, pamiršau piniginę, - ji paglostė vaiko ranką. „Tuoj grįšiu, pažadu".

Vaikas tylėjo, maigydamas savo sandalus.

„Ar tau skauda kojas, mielasis? Atsiprašau, kad turėjome skubėti. Gali čia pailsėti, ir, kai grįšiu tavęs pasiimti, tau viskas bus gerai. Tiesiog palauk čia, gerai?"

Vaikas linktelėjo galva ir nuleido kojas žemyn. Negalėdama paliesti žemės, ji nejudėjo.

„Kol manęs nebus, nejudėk nuo šio suoliuko". Ji apsidairė aplink. „Ir su niekuo nekalbėk. Atmink, kad turime slaptą žodį. Žinai, koks jis? Šššš, nesakyk man. Tu jį prisimeni, taip?"

„O jeigu man reikės, - sušnabždėjo vaikas, - pasituštinti?"

„Palauk, kol grįšiu. Aš ilgai neužtruksiu. Kuo greičiau nueisiu, tuo greičiau grįšiu". Ji atsistojo ir ištiesino nugarą.

Mažylis sugriebė ją už rankos: „Tu manęs nepamirši, ar ne, mama? Kaip praėjusį kartą?"

Moteris atsiduso ir sušnabždėjo.

„Brangioji."   Ji   paglostė   dukros   ranką. „Devyniasdešimt devynis kartus tave laiku pasiėmiau iš mokyklos, o tu visada prisimeni tą vienintelį kartą, kai pavėlavau". Ji giliai įkvėpė ir atsitraukė.

„Atsiprašau, mama."

Paauglys sėdėjo ant suoliuko netoliese, vartydamas padarytas nuotraukas. Jis žvilgtelėjo į viršų, kai moteris atsisuko. Jos veido išraiška dabar atrodė dar vaikiškesnė, smakras buvo atkištas į priekį.

„Šį kartą žinau kelią namo", - šyptelėjo dukra.

Moteris krūptelėjo, atsisuko atgal ir apkabino dukrą. „Man jau reikia eiti, vaikeli."

„Aš ne kūdikis.“

„Aš žinau, kad nesi. Palauk čia, palauk manęs. Aš grįšiu. Kryžiuoju savo širdį.“ Ji imitavo širdies kirtimą ir nuėjo.

„Iki pasimatymo, mama“, - pasakė vaikas. Ji ištiesė kaklą, stebėdama, kaip didėja tarpas tarp jos ir mamos.

Paauglė žiūrėjo į ją ašarotomis akimis. Ji vis dėlto buvo gera motina, arba geresnė, nei jis manė.

Motina atsisuko ir pabučiavo savo mergaitę, paskui ėjo toliau.

Jo telefonas vėl suvibravo. Abe. Jis turėjo nuvykti į banką.

Vaikas atsegė kuprinę, išsitraukė knygą ir pradėjo skaityti. Minutę ar dvi jis ją stebėjo. Buvo miela, kaip ji judindama lūpas tarė žodžius.

Jis patikrino laikrodį. Dabar jis buvo labiau įsitikinęs, kad motina grįš, kaip žadėjo, ir nuėjo į banką.

Tai buvo vienintelis būdas sulaikyti Abė nuo to, kad ji ateitų jo ieškoti. Jei Abė turėtų išeiti iš parduotuvės jo ieškoti...

Jis nenorėjo apie tai galvoti.

SKYRIUS 2

JENNIFER WALKER

Likus kelioms pėdoms iki jos, Dženifer pažvelgė į dukrą, kuri liko sėdėti ant suoliuko, kaip jai buvo liepta. Jai nepatiko palikti ją ten vieną, bet ką ji turėjo rinktis po to, ką padarė? Ji atsidarė telefono kamerą ir nufotografavo dukrą. Nuotraukoje jos mergaitė buvo įrėminta mėlyno dangaus ir dar mėlynesnio Ontarijo ežero vandens. Turinys dukra nepajudėjo iš vietos, todėl ji pasuko ta kryptimi, iš kurios jie buvo atėję.

Grįždama atgal ji galvojo apie savo partnerį Marką Wheelerį. Ji kurį laiką su juo susitikinėjo, nors žinojo, kad jis jau vedęs.

Dažniausiai, bent jau tada, kai jie būdavo viešumoje arba kai šalia būdavo jos dukra, jis buvo malonus ir švelnus.

Tačiau kai jie būdavo vieni ir kalbėdavosi apie seksą, jis pasirodydavo iš kitos pusės. Tiesa, kartais jai patikdavo surišimas, net šiek tiek erotinio pliaukštelėjimo. Tačiau erotinis smaugimas nueidavo per toli. Tas jausmas, kai eini po vandeniu, žemyn,

žemyn, žemyn, žemyn. Kvėpuoti taip, tarsi kvėpavimo niekada daugiau nerastų, buvo vienas iš tų, kurie ją gąsdino. Todėl šį kartą ji pakėlė koją ir atsisakė tai daryti. Markas nuėjo į priekį ir padarė tai sau, o ji nuėjo į dušą. Kai ji grįžo, jis buvo negyvas. Ji buvo per daug išsigandusi, kad net nuimtų plastikinį maišelį nuo jo galvos. Vietoj to ji nuėjo į dukters kambarį ir ten praleido naktį, o ryte iš pat ryto išėjo iš namų.

Suskambėjo jos telefonas, pagaliau tai buvo jis. „Tu turi man padėti, - pasakė ji. „Neturiu kur kreiptis".

„Ar tai Markas?" - paklausė jos draugas, taip pat Marko vairuotojas Pončo.

Ji verkė. „Taip."

„Gerai, aš tuoj būsiu. Esu maždaug už penkiolikos minučių kelio. Laikykis tvirtai."

Norėdama atitraukti dėmesį, mintyse iškilo prisiminimas apie Katie, kai ji buvo naujagimė, nes ji vėl atgaivino pirmąjį kartą, kai ją laikė. Jos dukra buvo pats mažiausias, švelniausias ir gražiausias angelas, kokį ji kada nors buvo mačiusi. Ji taip greitai augo. Dženifer nekentė palikti dukrą vieną prie krantinės, bet jie turėjo atsikratyti kūno. Ypač turint omenyje Marko ryšius su bendruomene ir narkotikų pasauliu. Net jei ji pasakytų jiems tiesą, jie niekada ja nepatikėtų. Marko tėvas turėjo maišus pinigų - ir ji negalėjo rizikuoti patekti į kalėjimą. Kas nutiktų jos kūdikiui?

Ji nusijuokė pagalvojusi, kiek kartų kaltino savo motiną, kad ji daro kvailus dalykus dėl vyrų, kurie nebuvo to verti. Ji pažvelgė į dangų: „Mama, atsiprašau, nes šitas dalykas, kurį padariau, užima prizą". Istorija visada kartojosi. Tai žinodama ji nesijautė geriau.

Nustok save mušti, kvaily kvaily, pagalvojo ji. Ji grįš atgal pas Katie anksčiau, nei spės tai suvokti. Be to, kuprinėje jos dukra turėjo knygą. Lėlė, kurią jie vadino Katie jaunesniąja, o dukra bandė sugalvoti, kaip ją pavadinti, jai kėlė šiurpą. Jis jai ją buvo padovanojęs. Ji būtų jai nupirkusi kitą lėlę, o tą išmetusi į šiukšlių dėžę.

Jau beveik grįžusi namo, Dženifer pastebėjo važiuojamojoje dalyje laukiantį baltą furgoną. Pončo įvarė automobilį į garažą, tada ji jį uždarė. Ji įėjo pro priekines duris ir įsileido Pončo, tikėdamasi, kad jos smalsus kaimynas kitoje gatvės pusėje yra užsiėmęs kitais reikalais.

SKYRIUS 3

KATIE

Du kartus perskaičiusi knygą savo lėlei, Katie ją padėjo į šalį. Ji stebėjo rajas, kaip jos skraido tai aukštyn, tai žemyn, stumdamos snapus į vandenį. Kartais jos iššokdavo atgal, snapuose nešdamos mažą žuvelę. Kai tai nutikdavo, ji plojo. Ne kartą pro šalį einantys žmonės sustodavo pažiūrėti, kam ji plojo, ir prisijungdavo prie jos. Katie pasijuto ne tokia vieniša, kai tai nutikdavo.

„Ji tokia miela", - pasakė jai viena jauna pora. Kadangi jie buvo nepažįstami žmonės, ji nieko neatsakė ir toliau stebėjo rajas.

Laikas bėgo, saulei po truputį slenkant dangumi, sustojo policininkas. „Ar viskas gerai?"

Nekalbėk su nepažįstamais žmonėmis, - tarė jos galvoje motinos balsas. Vis dėlto jis buvo policininkas. Jis buvo tas, kuriuo galėjai pasitikėti ištikus bėdai. „Aš laukiu savo mamos. Ji tuoj grįš."

Policininkas, matyt, patikėjo ja, nes kilstelėjo kepurę ir nuėjo toliau.

„Ačiū", - pasakė ji, tikėdamasi pamatyti link jos einančią mamą. Ji užmerkė akis ir vėl jas atmerkė, tikėdamasi kitokio rezultato. Nepasisekė.

Katė pliaukštelėjo savo raudoną suknelę į priekį. Ji šiek tiek pakėlė rankovę, kur guma ją spaudė ir paliko žymę. Ji kilstelėjo į priekį ir atgal. Vien dėl judesio jos sandalų kulkšnies dalis įsitempė, todėl ji nustojo judinti kojas.

Vakar vakare Markas ir mama paguldė ją į lovą. Tada ji išgirdo garsus. Kai jie buvo garsūs - rėkė - buvo baisu, bet ne tiek, kad neleistų jai užmigti.

Mama visada sakydavo: „Katie, tu galėtum užmigti ir per tornadą." Tai ją prajuokino.

Kai šįryt jie išėjo iš namų, mama pasakė, kad Markas miega. Todėl jiems reikėjo skubiai apsirengti ir išeiti iš namų.

Kai užuolaidos pajudėjo kitoje gatvės pusėje, Katie pasakė: „Ji vėl ieško, mama".

„Nesijaudink dėl to įkyraus seno šikšnosparnio", - pasakė mama ir patraukė dukrą kartu su lėle, vedančia iš paskos.

Markas nebuvo tikrasis Katie tėvas, bet jis dažnai atvažiuodavo. Kartais jis jai nupirkdavo daiktų, pavyzdžiui, lėlę. Kai jis būdavo šalia, jos motina iš pradžių buvo laiminga. Paskui jis išvažiuodavo, ir mama sakydavo, kad jis niekada negrįš. Bet jis visada grįždavo.

Mergaitė gyveno nuolatinėje sumaištyje. Vyrai ateidavo ir išeidavo. Vis dėlto ji mylėjo lėlę, kuri buvo jos dvynė.

Problema buvo, kaip ją pavadinti. Ji negalėjo jos vadinti Katie Two, nes dvyniai neturi to paties vardo. Nors ji jau kurį laiką ją turėjo, lėlė vis dar neturėjo vardo.

Vaikui dažniausiai netrūko, kad turėtų tėvą. Vaikai nedažnai pasiilgsta to, ko niekada neturėjo. Kol visuomenė jiems to neprimena - pavyzdžiui, Tėvo dienos pietų mokykloje.

„Ar būsi mano tėtis mokykloje per Tėvo dienos pietus?" Katie paklausė Marko.

„Labai norėčiau, brangioji", - atsakė jis.

„Bet Markas užimtas žmogus", - pasakė jos mama.

Atėjus Tėvo dienai, Katie buvo vienintelis vaikas, kuris ten buvo be niekieno. Kiti vaikai, neturintys tėvų, atsivedė senelius, brolius ar dėdes. Katie, kuri irgi neturėjo nė vieno iš jų, buvo dar labiau sutrikusi.

Kai Katie prie pietų stalo apsipylė ašaromis, jos mama paskambino direktoriui. Ji pareikalavo, kad mokykla iš viso uždraustų Tėvo dienos renginius.

Katie nenorėjo, kad ji būtų atšaukta visiems. Ji norėjo tik įtraukties. Marko dalyvavimas būtų padaręs viską gerai visiems.

Netoliese praskrido ant sparnų čiurlys. Paukštis kakojo viduryje sparno, palikdamas suvenyrą. Jis purškė ant vaiko ir lėlės suknelių. Kati pirmiausia nušluostė ašaras nuo akių. Paskui tą patį padarė ir lėlei.

Ji norėjo, kad mama paskubėtų grįžti.

SKYRIUS 4

BENJAMIN

Dabar buvo vėlyva popietė ir Benjaminas ėjo į banką. Jis žvilgtelėjo krantinės link: vaikas vis dar buvo ten! Iš pradžių jis buvo teisus, nes nujautė, kad jos motina yra negarbinga tėvė. Palikti mažą mergaitę vieną prie krantinės visą dieną buvo apsileidimas.

Jis nuskubėjo į krantą. Jis turėjo atsikratyti dienos pajamų iki banko uždarymo. Užuot rizikavęs laukti, jis įnešė pinigus į bankomatą ir grįžo patikrinti, kaip gyvena mergaitė.

Abė jau du kartus rašė jam SMS žinutę, klausdama, *kur esi?*

Iš pradžių jam atrodė įdomu supažindinti Abę su technologijomis, bet dabar tai buvo tikra kančia. Ne dėl to, kad Abė Benjaminu nepasitikėjo. Tiesą sakant, vyras ir jo žmona buvo teisėti Bendžamino globėjai. Nors Abė vertėsi žmonių verslu, pardavinėjo prekes visuomenei, jis nebuvo žmonių žmogus.

„Reikia 2 t/c kažko[1]“, - atsakė paauglys.

„Okie, dokie", - atsakė Abė. „Turi išsikviesti žmoną iš virtuvės, kad padėtų!"

Jis nusišypsojo prieš išsiųsdamas atitinkamą emoji, kai grįžo atgal patikrinti mergaitės.

SKYRIUS 5

KATIE

Katie liko ant suoliuko parke. Horizonte ji matė besileidžiančią saulę. Jau buvo vėlu. Motina vėl ją pamiršo. Vaikui reikėjo šlapintis ir jis svarstė, ar nevertėtų eiti namo pėsčiomis. Ji žinojo kelią, bet neturėjo rakto. Ji norėjo, kad būtų apsiavusi bėgimo batelius arba ne tokius ankštus sandalus.

Ji nenorėjo būti lauke, kai sutems. Net ir dabar ji įsivaizdavo aplink ją besiformuojančius šešėlius, sukurtus debesų atspindžių. Kai prabilo varna, ji pašoko ir susiraukė. Ant jos kojos ir suknelės užlipo boružėlė. Ji pakėlė jį ant piršto ir leido jam eiti aukštyn ranka, kol eidamas paliko geltoną dryželį.

„Viskas gerai, - sušnibždėjo ji vabzdžiui, - visi siurbia". Ji padėjo gražų raudoną vabalą ant suolo ir jis nuskrido.

Jos skrandžiui suskaudo, ji pasirausė rankinėje ir išsitraukė iš jos ištirpusį „Mini-Kit-Kat". Jis buvo toks skanus, bet ji tikrai norėjo, kad tai būtų ne mini, ir tikėjosi, kad mama greitai grįš.

Vaikas apsimetė, kad maitina lėlę, tada vėl grįžo prie skaitymo.

Ji skaitė knygą tiek daug kartų, kad mintimis nuklydo į ankstesnę dienos dalį, kai mama jai pasakė, kad šiandien neis į mokyklą.

„Kodėl?" - paklausė ji. „Aš noriu eiti į mokyklą."

„Šiandien eisime į pakrantę. Stebėsime paukščius, klausysimės bangų, o vėliau nueisime į kavinę nusipirkti vaikiškų kinietiškų kelnaičių".

„Aš jau ne kūdikis", - paprieštaravo Katie.

„Aš žinau, kad nesi, bet ar tau vis dar nepatinka kūdikių chinos?"

Mergaitė kilstelėjo smakrą, galvodama apie Baby Chinos. Dabar ji buvo didelė mergaitė, ir kai mama ateidavo jos pasiimti, vietoj jos užsisakydavo itin didelį braškinį pieno kokteilį.

„Bus taip smagu!" - ausyse aidėjo mamos balsas.

„Taip smagu", - pakartojo vaikas. Paskui jos mintyse šmėstelėjo: „Ar galiu ją pasiimti?" Katie paklausė. Tai turėjo omenyje jos lėlę.

„Taip, gali, jei tik nešiosi ją visą kelią ten ir atgal. Ir nepamiršk, kad turėsi ir savo kuprinę".

„Gerai, mama, aš taip ir padarysiu." Katie perkišo rankas per kuprinės dirželius ir apglėbė lėlės liemenį.

Virš jos dangumi praskriejo V formos kanadinių žąsų būrys. Ji pastebėjo, kad saulė dar šiek tiek nusileido. Ji susiraukė ir, artėjant žingsniams, paėmė lėlės ranką į savo. Jie priklausė žmogui, kurį pamačiusi ji suprato, kad jis nėra nei berniukas, nei vyras - jis buvo kažkur tarp jų.

Ji susikibusi rankomis apglėbė save. Saulei dar labiau nusileidus, ji norėjo turėti megztinį ar paltą. Ji pastebėjo, kad berniukas / vyras nedėvėjo nei vieno, nei kito. Jo juodų marškinėlių priekyje buvo pavaizduota uola, o po ja užrašas ZOOM! priminė jai to paties pavadinimo televizijos laidą. Berniuko / vyro veidas ir rankos buvo auksinio įdegio. Jis mūvėjo juodus džinsus ir batelius.

Artėjo tamsa ir ji norėjo, kad mama grįžtų ir vėl pasiimtų ją namo. Iki tol ji norėjo, kad berniukas (vyras) jai ką nors pasakytų, bet ką.

Nors ji neturėjo kalbėtis su nepažįstamaisiais, kažkieno balso garsas, kai ji taip jautėsi, ją paguostų. Nors berniukui ir (arba) vyrui greičiausiai buvo pasakyta tas pats - nekalbėti su nepažįstamaisiais.

Kitas dalykas, jei jis ją kalbintų, ji tikriausiai verktų. Ji nenorėjo, kad jis manytų, jog ji yra kūdikis, nes jei taip nutiktų, jis iškviestų policininką ir sužinotų, kad tai jau ne pirmas kartas, kai mama pamiršta ją pasiimti.

Ji pakėlė knygą ir pasinaudojo ja kaip sienele, kad berniukas (vyras) nematytų jos krintančių ašarų.

SKYRIUS 6

BENJAMIN

Jis ėjo pro šalį, norėdamas pažiūrėti, ar ji su juo pasikalbės, ji nepratarė nė žodžio, bet atrodė tokia liūdna, paskui pasislėpė už knygos. Jis ėjo toliau, paskui pasislėpė už jos krūmuose, kad galėtų ją stebėti jai nežinant.

Kartą, prisiminė jis, kai su kitais vaikais žaidė lauke, pro šalį praėjo vyras. Jis sustojo ir pasikalbėjo su viena iš mergaičių, paskui grįžo automobiliu ir bandė įkalbėti ją į vidų. Benjaminas nubėgo ir papasakojo jų globėjams, kas nutiko. Jis net įsiminė automobilio valstybinį numerį, todėl jie galėjo apie tai pranešti policijai.

Tai buvo vienas iš nedaugelio atvejų, kai jie jo paklausė, ir jam bei kitiems vaikams buvo uždrausta žaisti kieme.

Ši mergaitė buvo patekusi į siaubingą situaciją, o netrukus, kai visiškai sutems, ji dar labiau pablogės. Taip, netoli suoliuko stovėjo gatvės žibintas, bet dėl to ji buvo dar labiau pažeidžiama. Ji buvo pastebima kaip švyturys per audrą.

Jis delnu prisilietė prie amžinai žaliuojančio krūmo. Saldus Kalėdų kvapas atgaivino prisiminimus apie praėjusius laikus. Kaip ir pirmąsias Kalėdas Abės ir Elės namuose. Jie padovanojo jam daugiau dovanų nei jis buvo gavęs per visas savo Kalėdas kartu sudėjus.

Jis papurtė galvą, svarstydamas, ar nereikėtų kviesti policijos? Ne, jis dar šiek tiek palauks. Jis norėjo klysti. Jis norėjo, kad motina grįžtų ir ją pasiimtų. Jis nusprendė duoti jai dar šiek tiek laiko.

Jis praskleidė šakas, nuo jų draskančių spyglių jam ėmė niežėti.

Benjamino motina ir tėvas niekada nebūtų palikę jo vieno tokio. Tikrai ne tyčia. Jie mirė, kai jis buvo berniukas, padarė jį našlaičiu - ne dėl savo kaltės. Atsitikdavo nelaimingų atsitikimų, taip, jis žinojo apie nelaimingus atsitikimus. Nelaimingas atsitikimas viską paaiškintų.

Mergaitei buvo šalta, ir ji drebėjo, kai saulė leidosi vis žemiau ir žemiau horizonte.

Neturėdamas jokio palto, kurį galėtų jai pasiūlyti, jis galėjo pasiūlyti tik draugišką veidą, bet pirmiausia jam reikėjo sugalvoti planą A. O kai jis tvirtai įsidėmėjo šį planą, jam reikėjo plano B.

Ji pritūpė už krūmų ir susimąstė.

SKYRIUS 7

KATIE

Ji išgirdo, kaip vėjas kuteno medžius, kai diena virto naktimi. Ji išgirdo garsus už nugaros, bet bijojo atsisukti. Vietoj to ji sugriebė kitą lėlės ranką ir prispaudė jas abi prie krūtinės.

Ji prisiminė laiką, kai mama nusprendė ją pamokyti. Jos buvo kino teatre. Ji pasakė, kad nupirks daugiau popkornų.

„Su niekuo nekalbėk ir neatsigręžk".

„Gerai, mama."

Iš galinės eilės Katie nežinojo, kad mama ją stebi. Ji ir dar vienas vyras, ne Markas, laukė, kol ji atsisuks.

„Cha!" - sušuko jos mama.

„Ach, palik ją ramybėje", - pasakė jos mamos pasimatymas, kai Katie apsipylė ašaromis.

Vėliau jis išėjo iš teatro ir jiems teko važiuoti taksi namo.

Katie motina pažadėjo, kad daugiau niekada nežais šio žaidimo. Ji apsivijo save rankomis.

SKYRIUS 8

BENJAMIN

Mintyse parengęs planus A ir B, jis pagalvojo, ką pasakys. „Viskas bus gerai", - sušnabždėjo jis sau. Ne, tai skambėjo banaliai. „Nuvesiu tave į saugią vietą", - sušnabždėjo jis, ar tai ją išgąsdins? Juk jis buvo nepažįstamasis. Tai buvo kebli situacija, ir jis nenorėjo pasakyti netinkamo dalyko.

Kartu jis turėjo galvoti ir apie savo saugumą. Jis buvo paauglys, išėjęs vėlai, viešame parke. Stebėjo mažą mergaitę, kad jai nieko blogo nenutiktų. Kiti žmonės jo buvimą galėjo suprasti neteisingai.

Jau nekalbant apie tai, kad vieni berniukai viešose vietose galėjo patekti į įvairias situacijas. Ypač jei paketai

berniukų, kurie norėtų jį užpulti ar sukelti muštynes.

Kartą, labai seniai, tokia minia jį nepaliaujamai persekiojo - išsigelbėjo tik todėl, kad bėgo greičiau. Dabar vien pagalvojus apie tai, vėl apėmė šiurpuliai. Jis apsivijo save rankomis.

Jis nustatė laiko limitą. Jei per trisdešimt minučių niekas neatvyks jos pasiimti, - sušnabždėjo jis, - aš su ja pasikalbėsiu.

Praėjus trisdešimčiai minučių, jis peržiūrėjo planus. Planas A: jis pasisiūlė padėti palydėti ją namo. Planas B, jei ji nežinotų savo adreso, jis pasisiūlytų nuvežti ją į policijos nuovadą. Bet kuriuo atveju jis neketino palikti krantinės, kol šis vargšas paliktas vaikas nebus kur nors, saugus.

SKYRIUS 9

KATIE

Ji atsisėdo tiesiai, įspėta tolumoje girdimų žingsnių. Aukštakulniai. Jos širdis išsipūtė. Motina pagaliau grįžo jos pasiimti!

Ji pakėlė lėlę ir pažvelgė į virš jos esantį gatvės žibintą. Ji įsivaizdavo, kad šviesa sklinda žemyn ir šildo ją. Ji norėjo, kad apie tai būtų pagalvojusi anksčiau, nes jai nebebuvo šalta. Vaizduotė buvo stebuklingas dalykas, visada galėjai pamanyti, kad blogi dalykai išnyks.

Ji prisiminė kitus kartus, kai mama ją paliko. Kartą ji buvo vienintelis vaikas, likęs mokykloje dienos pabaigoje. Viena mokytoja pastebėjo ir nusivedė ją pas direktorių, tarsi ji pati būtų padariusi kažką blogo. Ji to nepadarė.

Vėliau, kai jos pasiimti atvyko mama, direktorius pasipiktino.

Kitais atvejais motina palikdavo ją ilgesniam laikui su pažįstamais žmonėmis. Šį kartą buvo kitaip. Ji buvo visiškai viena.

Aukštakulniai artėjo.

SKYRIUS 10

BENJAMIN IR KATIE

Benjaminas, stebėdamas mažą mergaitę, šmėstelėjo amžinai žaliuojančiame krūme. Jam ji buvo tarsi mažoji sesuo, nors anksčiau jie nebuvo susitikę. Jis buvo išmintingas ne pagal savo amžių. Globos sistemoje jis turėjo saugoti kitus. Kartą ar du jam teko rizikuoti, nes niekas neklausė. Žvilgtelėjęs į telefoną, jis giliai įkvėpė. Antrasis trisdešimties minučių laikotarpis baigėsi. Tada jis turėjo eiti pas ją.

Kulniukai spragsėjo ant grindinio.

Jis iškišo galvą iš krūmų, mostelėjo šaka į šalį. Jis norėjo pamatyti ilgai lauktą laimingą susitikimą. Ši moteris nebuvo motina. Ji ėjo toliau.

Jis atsiduso.

Kol moteris pasuko atgal ir priėjo prie ant suoliuko sėdinčios mažos mergaitės. Ji pasilenkė ir kažką sušnabždėjo.

„Atsiprašau, bet man neleidžiama kalbėtis su nepažįstamaisiais, - pasakė Katie ir atsilošė.

Nuo moters sklido kvapas, tarsi ji būtų maudžiusis smirdančiame raudonajame vyne, kurį mama ir Markas gėrė prabangiose taurėse. Ji pirštais užsikimšo nosį.

„Mano vardas Dženny, - pasakė ji. „Koks tavo vardas?"

Ji nekalbėjo, o toliau laikė nosį, kad atbaidytų kvapą.

„Esi per jauna, kad būtum čia viena. Kur tavo tėvai?" Moteris apsidairė ir sušnabždėjo: „Eik ir pasakyk man savo vardą, tada mes nebebūsime svetimi".

Benjaminas nieko negirdėjo, kol moteris pasakė: „Kelkis!"

Ir akimirksniu jis atsidūrė ten, tarsi būtų numesta granata.

Moteris, vardu Dženė, ištiesė ranką ir bandė priversti Kati paimti ją, bet ji vis dar tvirtai laikėsi viena ranka už nosies, o kita - už lėlės.

„Štai ir tu!" - pasakė jis, rodydamas jai rodomąjį pirštą. „Sakiau, kad suskaičiuotum iki dešimties, o tada ateitum ir susirastum mane!"

„Aš, - tarė ji, - atsiprašau."

„Tut, - tarė moteris, vardu Dženė, ir, rausdamasi rankinėje, išsitraukė telefoną. Ji pridėjo jį prie ausies, pradėjo kalbėti ir nuėjo. Tamsoje aidėjo jos batų spragsėjimo garsas.

„Neprieštarausi, jei palauksiu čia su tavimi?" - paklausė jis. Ji linktelėjo galva ir jis atsisėdo ant suoliuko šalia jos. Kai

nebesigirdėjo spragsinčių kulniukų garso, jis tarė: „PU, dabar žinau, kodėl tu laikei nosį už nosies!"

„Kvapas blogas, bet skonis dar blogesnis.“

„Tu paragavai vyno?“ - paklausė jis.

„Vieną kartą, tai paslaptis. Mama nežino.“

„Su manimi tavo paslaptis saugi“, - pasakė jis. „Hm, ar norėtum, kad palydėčiau tave namo?“

„Aš laukiu mamos. Ji netrukus turėtų ateiti manęs pasiimti.“ Jos balsas suvirpėjo ir ji pažvelgė į savo kojas.

„Ar galiu kam nors paskambinti, kad tave pasiimtų? Ar apskritai kas nors?“

„Ne. Mama visada atvažiuoja.“

„Tu neprieštarausi, jei aš čia su tavimi palauksiu?“

„Kaip nori, - pasakė Katie.

Trijulė kartu atsisėdo ant suoliuko parke. Šviesiaplaukė mergaitė su į ją panašia lėle ir tamsiaplaukė paauglė.

„Koks tavo vardas?“ - paklausė ji. „Mano vardas Katie“.

„Aš esu Benjaminas, bet jei nori, gali mane vadinti Benji“.

„Kartą mačiau filmą, kuriame buvo mažas šunelis vardu Benji. Jis atrodė susivėlęs, kaip ir tu.“

Jis pirštais perbraukė plaukus.

„O, aš nenorėjau, - pasakė ji. „Noriu pasakyti, kad tu neatrodai per daug susivėlęs.“

Jis nusijuokė, ji taip pat nusijuokė. Kurį laiką jie klausėsi į uolas atsimušančių bangų ir stebėjo danguje virš jų šokančias žvaigždes.

Ji susiraukė.

„O, tau šalta. Gaila, kad neturiu palto, kurį galėčiau tau duoti.“

„Nesvarbu, svarbiausia - mintis."

„Tu teisus, tai mintis. bet taip pat ir už minčių slypintys veiksmai bei ketinimai, kurie jas įkvėpė. Turiu omenyje tai, kaip jos vykdomos. Ar supranti, ką noriu pasakyti?" Ji linktelėjo galva.

Kelias akimirkas jie tyliai sėdėjo kartu, kol Benjaminas vėl prabilo.

„Ar žinojai, kad gali galvoti priešingai, nei jautiesi, ir viską pakeisti?"

„Žinau, kad vaizduotė - tai galia, - pakėlusi antakį tarė ji. „Bet kaip?"

„Ak, tu esi skeptikė?"

„Ar esu?" - ji suabejojo. „Kas aš esu?"

„Skeptikas yra žmogus, kuris netiki tuo, ką girdėjo - nebent turi įrodymų. Ar norėtum, kad parodyčiau, kaip tai padaryti, kad viskas pasikeistų?"

Ji nusišypsojo: „Taip, prašau!"

Jis pradėjo: „Kai man šalta, mintyse dainuoju dainą, kuri yra priešinga šalčiui..."

„Nori pasakyti, kad šilta?"

Jis linktelėjo galva.

„Aš nežinau jokių šiltų dainų."

„Jei nežinai šiltos dainos, sugalvok tokią:

Šiandien lauke juokingai karšta,

Mano ledai tirpsta.

Kaip saulė šviečia

Kaip saulė šviečia žemyn ant manęs.

Šokoladas kai tirpsta.

Skonis dar geresnis

Kai šviečia saulė

Kai saulė taip šiltai šviečia".

„Aš žinau melodiją, bet joje yra kiti žodžiai, - pasakė ji.

„Ak, tu atpažinai, kad dainavau savo žodžius Frère Jacques".

„Tai labai protinga, - pasakė ji.

„Ar dabar jaučiatės šilčiau?"

Ji nustojo drebėti, o ant rankų išnyko žąsies oda. „Tai veikia!"

Jie toliau kartu dainavo dainą pagal Frère Jacques melodiją. Netrukus dainuodami apie maistą jie abu pasijuto alkani.

„Ar gali švilpauti?" - paklausė jis.

Ji pažvelgė į savo kojas. „Ne, bet man ir nereikia mokėti - ne, jei žinau žodžius".

„Tiesa", - pasakė jis.

Jie vėl grįžo žiūrėti į dangų. Suradusi žmogų mėnulyje, ji apsimetė esanti

atlaužia sūrio gabalėlį nuo jo veido. Pirmiausia ji pasiūlė kąsnelį Bendžiui.

„Tai geriausias sūris, kokio esu ragavusi".

Ji suvalgė dar vieną kąsnį: „Aš tokia sota", - sušuko atsidususi."

Kurį laiką jie tylėjo.

„Kaip toli gyvenate?"

„Nėra toli, bet su šiais sandalais - jie žnaibo - taip atrodo. Be to, neturiu rakto".

„O, taip, matau, tavo kulkšnys atrodo raudonos."

„Be to, mama man liepė nejudėti iš šios vietos".

Jis sukryžiavo rankas. „Gerai, mes palauksime, bet mums nesaugu čia ilgiau užsibūti.“

„O kaip tavo mama ir tėtis?“ - paklausė ji, dabar vėl pradėjusi jausti šaltį ir mintyse dainuodama saulėtą dainą.

„Jie yra danguje.“

„Atsiprašau“, - tarė ji, glostydama jo ranką.

„Viskas gerai, tai nutiko prieš daugelį metų.“ Jis tylėjo, mintyse dainuodamas saulėtą dainą. „Turiu idėją. Galėtum ateiti pas mane. Tu galėtum miegoti lovoje, o aš - dideliame patogiame krėsle. Galėtume grįžti ryte, tada lauktume tavo mamos“.

„Kai mama grįš, jei būsiu pajudėjęs nors per centimetrą - ji supyks“.

„Aš viską paaiškinsiu. Ji norės, kad būtum kur nors saugiai. Su manimi būsi saugi.“

„O“, - tarė ji, žvilgtelėjusi aplink. „Tamsu.“

„Taip, o kai vėlu ir tamsu - na, gali atsidurti netinkamoje vietoje netinkamu laiku. Gali nutikti baisių dalykų.“

Ji sukryžiavo rankas, dabar vėl jautėsi šalta.

„Nenoriu tavęs gąsdinti, bet manau, kad turėčiau tave parvežti namo. Galbūt ten jau laukia tavo mamytė“.

„Nemanau, bet...“

„Verta pabandyti, - atsistojo jis. „Pažiūrėkime, ką tavo lėlė mano“. Jis žengė kelis žingsnius ir pasilenkė, tarsi lėlė šnabždėtų jam į ausį. „O taip, - tarė jis. „Žinau, bet tikrai tavo draugo mama supras. Hmm. Taip.“

„Ką ji sako?“

„Ji irgi nori grįžti namo. Tai buvo siaubingai ilga diena." Tada lėlei: „Bet Katie labai skauda kojas, turėtume tave čia palikti, kad galėčiau ją parvežti namo."

„Mes negalime jos čia palikti. Ji mano geriausia draugė."

„Ir gera draugė ji yra, nes visą dieną palaiko tau čia kompaniją."

Jis pažvelgė į savo telefoną, baterija netrukus išsikraus. Jis negalėjo nešiotis jos ir lėlės ant nugaros. Ar jam reikėtų paskambinti į 911 ir iškviesti policiją, kad atvažiuotų jos pasiimti? Galėjo nueiti iki policijos nuovados, bet iki jos buvo gana toli.

„Ar žinote kelią iki savo namų?"

„Manau, kad taip."

„Gerai, Katie, taigi siūlau A planą."

„Kas yra planas A?"

„Planas A yra toks: aš parvešiu tave namo, kad tau nereikėtų eiti pėsčiomis ir dar labiau skaudėtų kojas. Jei tavo mama bus namie, grįšiu ir atnešiu tau tavo lėlę. Ar tau tai tinka?"

„Taip, man patinka planas A."

„Dabar planas B", - pasakė jis. „Jei turi planą A, visada turėtum turėti ir planą B".

Ji išskėtė rankas ir linktelėjo galva.

„Planas B, tik jei tavo mamos nebus namie, gali būti vienoks ar kitoks."

„Kuris kelias man labiausiai patiks?" - paklausė ji ir palaukė, kol jis atsakys.

Jis dar kartą apsvarstė galimybes. Ar jis turėtų paskambinti policijai, ar pasiimti ją namo ir grįžti ryte? Jis paaiškino.

„Bet kokiu atveju turiu čia palikti savo lėlę, ar ne?"

„Gal paslėpkime ją ten, amžinai žaliuojančiame krūme? Bus taip, tarsi ji tavęs lauktų po Kalėdų eglute! Tada ryte galėsime grįžti ir ją pasiimti. Ji kvepės Kalėdomis ir galės tau papasakoti apie savo nuotykius".

Ji pasilenkė ir lėlė kažką sušnabždėjo. „Gerai", - pasakė ji.

Viena jo dalis tikėjosi, kad jos mama bus namuose. Kita nerimavo, kad paliks ją su

motina, kuri nesivargino jos pasiimti. Jis išgirdo Elės balsą savo galvoje. Nespręsk, - pasakytų ji. Kaip visada, El - jis tikėjosi - pasirodys esanti teisi.

El buvo ištekėjusi už Abės. Jie buvo jo teisėti globėjai, šeimininkai ir darbdaviai. Kadangi jis metė vidurinę mokyklą, didžiąją laiko dalį praleisdavo su jais ir žinojo, kad jie supras - ir norės padėti.

Bendžaminas nuleido ranką ir nusilenkė jai. „Mano ponia, ar esate pasirengusi būti vežama namo?"

„Kažką pamiršau, - pasakė ji, sučiaupusi lūpas.

„Ką pamiršai?" - ‚Ką pamiršai?' - suraukė antakius jis.

„Man nevalia kalbėtis su nepažįstamaisiais."

„Taip, na, mes jau nebe nepažįstami. Tu žinai mano vardą, o aš žinau tavo vardą, ir su malonumu siūlau tau transportą atgal į tavo kuklius namus." Jis atsiklaupė ant vieno kelio.

„Kelkis!" - įsakė ji žygiuodama ir atsistojo ant suolo. Bendžis atsisuko, o ji apsivijo jį aplink kaklą ir netrukus jie iškeliavo.

„Palaukite minutėlę", - įsakė ji, rodydama į lėlę.

„Ups, - tarė Bendžis ir pakėlė lėlę. Jis paslėpė ją po viszaliais krūmais.

„Tu teisus", - pasakė Kati. „Čia tikrai kvepia Kalėdomis."

„Dabar jau viskas paruošta?"

Jai papasakojus, kas tai yra, Bendžaminas telefone įvedė Kati adresą.

Ji nusikvatojo. „Gal galiu tau užduoti klausimą?"

„Ne, imk ir paklausk."

„Tai asmeniška, apie tavo mamą ir tėtį".

„Neprieštarauju, tai nutiko seniai. Klausk."

„Mama man visada sako, kad neturėčiau klausinėti per daug asmeniškai".

„Man tai netrukdo."

„Ar tu su jais kalbiesi?"

Jis nustebo. Tokio klausimo jam niekas niekada neuždavė. „Ne", - atsakė jis.

„Niekada, niekada?"

„Ne."

„Pasisukite čia dar kartą." Jis pasisuko. „Ar nemanai, kad jie be tavęs vieniši?"

„Aš, - jis nežinojo, kaip atsakyti, todėl kelias minutes to nedarė. „Jie paliko mane, vieną. Tai buvo nelaimingas atsitikimas, bet..."

„Tu su jais nesikalbi, nes manai, kad avarija įvyko dėl jų kaltės?" Ji stipriau prisiglaudė, atrėmusi galvą į jo petį.

„Aš ant jų nepykstu. Jie nepaliko manęs tyčia, bet taip, aš pykstu".

„Ant Dievo?"

„Buvau supykusi ant visų, paskui sutikau Džulijų". Jie mane priglaudė ir suteikė namus. Jie padėjo man susikurti naują gyvenimą. Vėl tapti šeimos dalimi. Jie net pasakė, kad verkti galima. Kaip berniukas nebuvau įpratęs, kad tai yra gerai. Tu esi maža mergaitė, todėl neturėčiau užkrauti tau savo problemų. Manau, kad turėtume pasikalbėti apie ką nors kita".

Mažasis angelas kelias minutes nieko nesakė. Ji kietai miegojo.

Netrukus jis įsitikino, kad ji buvo teisi dėl atstumo. Jis visai nebuvo per toli.

Pirmas dalykas, kurį jis iš karto pastebėjo, buvo tai, kad jos namuose buvo visiška tamsa. Jis tikėjosi bent jau pamatyti įsižiebusią verandos šviesą, kuri pasveikintų vaiką grįžus namo. Vietoj to, ten taip pat buvo tamsu, ir jam buvo sunku

rasti durų skambutį. Jis kelis kartus paskambino, bet, kaip ir tikėjosi, niekas neatsiliepė.

Jis atsitraukė ir perbėgo akimis visus aplinkinius namus abiejose gatvės pusėse. Juos visus taip pat gaubė tamsa, nors sekundę jam pasirodė, kad kitoje gatvės pusėje esančio namo viršutiniame aukšte pastebėjo judančią užuolaidą. Neturėdamas kito pasirinkimo, jis grįžo atgal.

Mažoji Kati nebuvo sunki, bet laikui bėgant ji darėsi vis sunkesnė, o iki jo namo dar reikėjo nemažai nueiti. Tačiau jis buvo labai laimingas, kad nesutiko su savimi tempti lėlės. Jis tikėjosi, kad ji bus pakankamai saugi ten, kur yra.

Ji pakėlė galvą: „Ar pastebėjai?"

„Ką?"

„Kartais užuolaida juda per gatvę. Mama sako, kad turime smalsų kaimyną".

„O, aš nieko nepastebėjau. Tačiau ar jie malonūs kaimynai?"

„Nežinau. Mama visada man sako, kad nekalbėčiau su nepažįstamaisiais".

„Net su kaimynais?"

„Taip, ypač su smalsiais kaimynais."

„Gerai, Katie, taigi, manau, kad dabar turime planą B."

Ji žiovavo. „Planas B."

„Taip, ponia", - pasakė jis, didindamas tempą. Ji užsikniaubė jam ant peties, kai pasigirdo sirena. Jis užmerkė akis, kai vėjas pakėlė dulkes ir popieriaus gabalėlius. Tolumoje lakstė šuo.

Ji pakėlė galvą, kai jie priėjo prie Džulijų namų durų. „Mes čia, - pasakė jis, - bet ššššš, Elė ir Abė miega. Mano butas yra ten, viršuje". Jis parodė į viršų laiptais. Kai jie pasiekė viršų, ji garsiai knarkė. Jis nuavė jos žvarbius sandalus, tada paguldė ją į lovą.

Ji pusiau miegojo: „Man reikia šlapintis", - pasakė ji.

Jis parodė jai, kur yra vonios kambarys, tada nuėjo į virtuvėlę, kur paruošė jiems skrudintų sumuštinių su sūriu ir karštos kakavos.

„Kur tu esi, Benji?" - paklausė ji, kai išėjo iš vonios kambario.

„Čia", - atsakė Benjaminas, nešdamas sumuštinius ir kakavą ant padėklo.

Pavalgę Katie išsižiojo didžiausiu plačiausiu žiovuliu ir įsitaisė miegoti. Jis ją paguldė ir pastebėjo, kad ji jau kietai miega.

Jis nusimovė batus ir kojines ir užmetė antklodę ant patogaus krėslo. Jis taip pat greitai užmigo.

SKYRIUS 11

BENJAMIN IR ABE

Ryte, kai pro užuolaidas prasiskverbė pirmas šviesos žvilgsnis, Benjaminas pabudo. Jis išsitempė ir akimirkai pamiršo, kodėl miega ant patogios kėdės. Antklodė nuslydo nuo jo ir gniūžte nukrito ant grindų. Jis atsistojo, ir nors buvo jaunas vyras, kūną skaudėjo. Jam teks pervadinti kėdę, nes nebelaikė jos patogia kėde.

Jis nusikratė skausmus ir tada jo žvilgsnis nukrypo į Katie. Jis sušnabždėjo jos vardą, nors ji knarkė toliau. Tarsi žinodama, kad jis galvoja apie ją, ji pakėlė ranką. Jis pagalvojo, kad ji tikriausiai svajoja apie mokyklą. Ji kažką negirdimai sumurmėjo, nuleido ranką, pasisuko veidu į langą ir vėl užmigo.

Benjaminas paliko ją miegoti toliau, palikęs praviras duris, kad galėtų išgirsti, jei ji pabustų.

Atsitraukdamas nuo jos durų, jis pagalvojo, ar ji buvo iš tų vaikų - kaip ir jis - kurie pabudę nepažįstamoje vietoje išsigąsta. Kadangi ji minėjo, kad motina dažnai palikdavo ją su kitais, bet visada grįždavo jos pasiimti, jis mieliau pasirinko atsargumo pusę.

Vonios kambaryje jis susitvarkė, tada virtuvėlėje užvirė virdulį. Jis troško karštos saldžios arbatos ir skrebučio su sviestu.

Laukdamas jis galvojo apie šeimas ir apie tai, kad Katie klausimai jam sukėlė neišspręstų klausimų.

Jo tėvai mirė, palikę jį našlaičiu. Jis suprato, kad kaltino juos, jog paliko jį, nors tai įvyko ne dėl jų kaltės. Kadangi jis neturėjo kitų kraujo giminaičių, pateko į globos sistemą. Jis užsidarė savyje, užsidarė toje sistemoje po to, kai pirmą kartą atsidūrė smurto namuose.

Po šios patirties jis iš sielvartaujančio vaiko tapo išsigandusiu vaiku. Tada, užuot perkėlę jį į saugius namus, jie perkėlė jį į dar blogesnius. Paskui į dar vienus ir dar kitus. Tada jis manė, kad nusipelnė tos nesėkmės, bet dabar žinojo, kad ten turėjo būti apsaugotas. Vietoj to jis neturėjo kuo pasitikėti, ir jam prasidėjo kovos arba bėgimo režimas. Būdamas per mažas kovoti už save prieš visus suaugusiuosius ir kitus vaikus namuose, jis pasirinko pastarąjį būdą. Galbūt todėl po tiek metų jis jautė poreikį kaltinti savo tėvus, nes turėjo kaltinti ką nors kitą, ne tik save.

Po to, kai jis pabėgo, jie jį pasivijo ir vėl atidavė į namus, kur jis buvo išnaudojamas tiek fiziškai, tiek psichiškai. Kai kuriais atvejais jis pirmenybę teikė fiziniam, o ne psichologiniam smurtui. Ir vėl pabėgo, norėdamas niekada daugiau niekuo nepasitikėti.

Tuomet visiškai atsitiktinai jis susidūrė su Elu ir Abe. Jie buvo išėję vakarinio pasivaikščiojimo ir laikėsi už rankų. Jie buvo seni, gal dvigubai vyresni už jo tėvus. Kai jis atvėrė jiems savo širdį, Elė jį apkabino. Ji jį pamaitino. Abė klausėsi. El pakvietė jį ateiti ir gerai išsimiegoti jų laisvame kambaryje. Nuo to laiko jis niekuomet neišeidavo iš jų namų, išskyrus tuos atvejus, kai iš laisvojo kambario persikėlė į savo butą. Tai buvo per jo tryliktąjį gimtadienį.

Maišydamas arbatą ir berdamas cukrų, jis galvojo apie Katios motiną. Ar ji grįžo? Ar ji vis dar bus ten, kai Katie atsibus? Jis tikėjosi, kad taip ir bus. Tikėjosi, kad ji bus labai laiminga, jog jos dukra yra saugi. Tokia laiminga ir tokia laiminga, kad daugiau niekada jos neapleis. Bet blogi tėvai visada buvo blogi tėvai. Leopardai nekeisdavo savo dėmių.

Jis įsivaizdavo, kaip Katie mama randa krūmuose paslėptą lėlę. Ar ji supanikuotų ir iškviestų policiją? Visur būtų likę jo atspaudai. Vis dėlto jis

nieko nekeistų, net jei ir galėtų, nes norėjo tik jai padėti.

Laikydamas savo puodelį, jis žingsniavo. Galbūt jam reikėjo nuvežti vaiką į policijos nuovadą. Dabar jis gali atsidurti bėdoje. Net kai paaugliai sakydavo tiesą, prisipažindavo - suaugusieji jais netikėdavo. Ne, jei į tai buvo įsitraukęs dar vienas suaugęs žmogus.

Jis dar kartą gurkštelėjo, kai kažkas pasibeldė į jo buto duris. Tai buvo ponas Džulijus, Abė, jo globėjas, šeimininkas ir viršininkas. "Come with me, shhh," he said as Abe followed him up the stairs to his apartment. Benjaminas parodė Abė žvilgsniu miegančią Katie. Kadangi ji buvo nusimetusi antklodę, jis tipeno į vidų ir vėl ją uždengė. Tylėdami jie grįžo į virtuvę.

„Kas ji?" Abė paklausė.

Benjaminas suabejojo, svarstydamas, nuo ko pradėti. „Jos vardas Katie, o mama jos nesurinko

iš krantinės vakar. Nežinojau, ką dar daryti, todėl atvedžiau ją čia".

Abė pasakė Benjaminui, kad turėjo ją nuvežti tiesiai į policijos nuovadą.

Benjaminas papurtė galvą. „Ji buvo per daug pavargusi ir išsigandusi". Jis atsistojo, atjungė įkraunamą telefoną: „Dabar galiu jiems paskambinti."

„Palauk, - tarė Abė. „Pagalvokime apie tai dabar, kai ji čia." Jie tylėdami gurkštelėjo dar arbatos. „Tu pasielgei teisingai. Didžiuojuosi tavimi."

„Vakar vakare su Katie kalbėjomės, kad nuvešime ją į nuovadą. Nusprendėme palaukti, suteikti jos motinai dar vieną galimybę šįryt. Be to, ten palikome jos lėlę. Ji natūralaus dydžio, viena iš tų kalėdinių importinių, kurias parduodate".

Abė nusišypsojo. „O iš tikrųjų? Aš jos neprisimenu, bet galbūt Elė prisimins. Nors esu tikras, kad mes nesame vienintelė įmonė, prekiaujanti lėlėmis".

„Tiesa, - tarė Benjaminas. „Dar arbatos?"

Abė linktelėjo galvą, tada po akimirkos tylos. „Manau, kad kiekvienas iš tėvų nusipelno antros galimybės, bet jei ji nepasirodys šį rytą, tada skambinsiu į policiją.“

Bendžaminas įpylė daugiau arbatos į Abės puodelį. Jis suabejojo, paskui sušnabždėjo. „Jei Kati mama pranešė apie jos dingimą po to, kai ją čia atvežiau, jie ieškos manęs. Gal net suimtų, jei grįžčiau pasiimti lėlės.“

„Palauk, - tarė Abė. „Ar kas nors tave matė?“

„Moteris, bandė įkalbėti Katie eiti su ja“.

„Ir daugiau niekas?“

„Anksčiau dieną su ja trumpai šnektelėjo pareigūnas, bet negrįžo. Jis nematė manęs su ja.“

„Nėra prasmės nerimauti dėl galimų ir galimų“, - pasakė Abė. „Negalėjai palikti jos ten visą naktį. Tai paprasčiausias aplaidumas, jau nekalbant apie jos motinos nusikaltimą. Jei nekreiptum dėmesio į vaiką, taptum bendrininku“. Jis gurkštelėjo. „Nors pasielgėte teisingai, minėto vaiko pagrobimas taip pat yra nusikaltimas“.

Benjaminas gurkštelėjo: „Aš, aš, atvedžiau ją čia, į saugią vietą“.

Abė patapšnojo paaugliui per nugarą. „Žinau, ir tu tai žinai, bet ar policija patikės tavo pasakojimu?“

Bendžaminas patraukė ranką stovėdamas. Jis ėmė žingsniuoti. „Kai ji pabus, nuvesiu ją tiesiai ten, kur ją paliko motina. Paaiškinsiu jos motinai. Ji supras. Aš padarysiu taip, kad ji suprastų.“

Abė taip pat atsistojo. Jis paėmė savo puodelį ir jį išskalavo. „Tai būtų drąsu. Bet kas, jei aplaidi motina apkaltins tave, kad paėmei jos dukrą, kad ji pati iš bėdos? Turiu omenyje, jei ji tikrai praneštų apie jos dingimą. Ar pagalvojote, kas nutiktų tokiu atveju?"

Benjaminas atsisėdo, uždėjo rankas iš abiejų galvos pusių. „Ką tada turėčiau daryti?"

„Eik į pakrantę ir pasiimk lėlę. Jei motina yra ten, tai puikiai parsivežk ją čia su savimi. Jei ne, grįžk ir leisk man su seržantu Mileriu ją sutvarkyti nuovadoje. Prisimenate Aleksą Milerį?"

„Taip. Ačiū, Abe."

„Tu, kuris, - paskambino Elė iš apačios.

„Ateik ir pamatysi, - tarė Benjaminas, - eik į viršų". Kai ji buvo viršuje, jis pridėjo pirštą prie lūpų: „Šššš". Ji linktelėjo galva ir jie tipeno į svečių kambarį, kur Katie vis dar kietai miegojo.

„Vaikas. Kas, po velnių?"

„Nesijaudink, aš ją supažindinsiu su detalėmis. O kol kas, - pasakė Abė, - tu eik į krantinę, kol vaikas miega. Jei jos motinos ten nebus, grįžkite tiesiai atgal".

Benjaminas linktelėjo galva. „Ačiū, Abė ir El. Aš bėgsiu."

Abė viską paaiškino žmonai. „Man įdomu sužinoti, ar motina anksčiau yra dariusi tokius dalykus".

„Man irgi buvo įdomu", - pasakė El.

Tuo tarpu Benjaminas nubėgo į pakrantę, kur pasiėmė lėlę. Jo telefonas suvibravo.

„Ar yra motinos požymių?" Abė parašė SMS žinutę.

„Ne, bet turiu lėlę. Dabar grįžtu."

Abė nusiuntė jam aukštyn pakelto nykščio emoji. Jis pasakė El: „Jokių vaiko motinos požymių, o man reikia ruoštis parduotuvės atidarymui".

„Aš liksiu čia su ja", - pasakė El. Ji atsisėdo ant kėdės, o Katie miegojo toliau. Kiek vėliau El nuėjo susitvarkyti ruošdamasi pamainai.

SKYRIUS 12

KATIE IR BENJAMIN

Katie ir jos lėlė buvo viena šalia kitos ant didžiulio Velnio rato, kuris sukosi ratu. Pasiekęs viršūnę, jis sustojo, o jų kojos kabojo per kraštą. Ji susiėmė už strypo. Sekundę ji pasijuto saugi ir užtikrinta. Kol strypas ištirpo tarp jos pirštų galiukų ir automobilis ėmė siūbuoti. Pirmyn ir atgal, paskui į šonus. Tolumoje pasigirdo vėjo ūžesys, paskui - šuns lojimas. Lėlė ėmė slysti. Ji ištiesė ranką, kad ją sugriebtų, ir vežimėlis apsivertė, o jie nukrito.

Ji sušuko!

Tuo metu grįžo Benjaminas. Jis įbėgo į kambarį. „Pabusk Katie", - pasakė jis. „Tu sapnuoji blogą sapną."

Supratusi, kad yra saugi, Katie apsivijo jį rankomis ir laikėsi iš visų jėgų. Kai jos kvėpavimas sulėtėjo, ji žiovavo ir pasakė: „Aš mirštu iš bado!"

„Gerai, nes esi pakviesta pusryčiauti su Ebe ir Elu, eime".

Jie išėjo iš Benjamino buto ir įėjo į namą. Virtuvėje Benjaminas į puodą su verdančiu vandeniu įmušė aštuonis kiaušinius. Jis paprašė Katie aptarnauti skrudintuvą, nes jiems reikės aštuonių riekelių.

„Man patinka skrudinti kareivius!" Katie sušuko. Kai duona buvo paskrudinta, Benjaminas ją aptepė sviestu. Jis supjaustė ją juostelėmis: idealaus dydžio, kad būtų galima pamirkyti į skystus kiaušinių trynius.

„Apie ką svajojai?" Benjaminas paklausė. „Kartais geriau pasidalyti blogu sapnu. Jei nori."

„Aš, aš nenoriu apie tai galvoti", - pasakė Katie, įsitaisydama prie virtuvės stalo.

Į virtuvę įkišo galvą ponia Džulijus El. „Sveika, - tarė ji, spinduliuodama šypsena jos link.

Katie, atstūmusi kėdę, pribėgo prie El ir apglėbė nepažįstamąją per liemenį. Stipriai apkabino, tarsi jos būtų buvusios susitikusios anksčiau.

El ilgai glostė jai galvą, kovodama su ašaromis, paskui nusitempė ją prie stalo.

Benjaminas žiūrėjo, suprasdamas, kaip Katie jaučiasi. El, turėjo tokį veidą, tokias akis, iš kurių sklido gerumas, švelnumas. Jis pats ją iš karto pamilo, o dabar Katie darė tą patį.

„Na, geriau nunešiu tai į parduotuvę, kad Abė galėtų užkąsti, - pasakė El. „Tu juk žinai, kaip jis nemėgsta parduotuvėje dirbti vienas. Šeštadienis yra darbingiausia mūsų diena. Šis skanėstas bus maloni staigmena."

Benjaminas atnešė kiaušinius kiaušinių puodeliuose prie stalo.

Eglė išeidama uždarė už savęs duris.

„Ji maloni moteris, ar ne?“

Katie spinduliavo ir akimis, ir šypsena. „Taip, ji mano pirmoji tiesioginė draugė“.

Benjaminas papurtė galvą. „Momentinis draugas - man tai nauja.“ Jis palietė vieno iš kiaušinių viršų, jie vis dar buvo per karšti, kad būtų galima atplėšti.

Kati giliai įkvėpė, tada užmerkė akis. Vėl jas atvėrė. „Ar įžeidžiau tavo jausmus? Dėl to, kad mes su tavimi iš karto nebuvome draugai?“

Benjaminas nusišypsojo. „Visai ne.“ Jis atplėšė pirmąjį kiaušinį. „Man tiesiog buvo įdomu.“ Jis užtepė ant kiaušinio truputį sviesto ir druskos, tada atplėšė kitą ir padarė tą patį.

„Niekada nebuvau susitikęs su savo močiute. El, atrodė kaip močiutė mano galvoje - štai kodėl ji iškart tapo mano drauge.“

„Prasminga.“

El sugrįžo ir visi trys pamerkė savo duonos kareivėlius į tekančius kiaušinius.

„Tu tikrai puikiai gamini, - pasakė Katie.

Jis nusišypsojo, kai jie tvarkėsi ir dėjo nešvarius indus į indaplovę. „Eikime toliau. Nepamirškite, kad turime ką veikti.“

„Ir vietų, kurias reikia pamatyti“, - gūžtelėjo pečiais ji.

„Džiaugiuosi, kad esi čia, - pasakė Elė.

***

Benjaminas sušukavo Katie plaukus, kurie, kaip pastebėjo, kvepėjo medumi ir cinamonu.

„Galiu lažintis, kad mama manęs ieško. Ar galime dabar eiti jos ieškoti prie krantinės?"

Šypsodamasis Benjaminas išėjo iš kambario ir paklausė: „Ar nepamiršai ko nors?" Po kelių sekundžių jis grįžo kažką slėpdamas už nugaros. „Voila!" - sušuko jis, atskleisdamas lėlę Katie.

Ji apglėbė ją aplink kaklą, kūkčiodama ir šnabždėdama, kaip labai pasiilgo savo dvynės. Benjaminas buvo teisus, jos lėlė iš tiesų kvepėjo kaip Kalėdų rytą, ir tai buvo gerai. Ne taip gerai buvo tai, kad vietomis ji jautėsi šiek tiek sušlapusi. Ji nusišypsojo.

„Aha, pastebėjai, kad ji šiek tiek drėgna, - pasakė Benjaminas. „Atneškite ją čia, prie ventiliacijos angos, ir ji greitai bus kaip reikiant sušlapusi."

Kartu jie padėjo lėlę prie šildytuvo, tada Benjaminas pasiūlė. „Kaip norėtum išmokti valytis dantis pirštu? Tai iki tol, kol gausi dantų šepetėlį?"

Katie sušnibždėjo ir smagiai mokėsi. Po to Benjaminas jai suvarstė sandalus.

„Tavo mamos nebuvo, prie krantinės, kai šįryt paėmiau lėlę“.

Jos apatinė lūpa prasivėrė. Ji sudrebėjo.

Jis pažvelgė į savo kojas. „Nesijaudink. Ponas Džulijus, turiu omenyje Abė, turi draugą, kuris dirba policijos nuovadoje“.

„O, ne“, - pasakė Kati.

„Kas nutiko?“

„Jie išsiaiškins.“

„Ką sužinos?“

„Negaliu tau pasakyti, bet nenoriu, kad mama patektų į bėdą“.

„Nesijaudink, Abės draugas yra geras žmogus. Jis žinos, kaip padėti. Tuo tarpu mes su tavimi šiandien galime pabendrauti su Elu“.

Vaikas linktelėjo galva.

„Galbūt ji net leis tau padėti parduotuvėje, kaip didelei mergaitei“.

Katie nusišypsojo. Šią akimirką ji buvo atitraukta nuo savo rūpesčių.

SKYRIUS 13

ABE IR SGT. MILLER

Abė paprašė žmonos pasirūpinti parduotuve ir jau pėsčiomis ėjo pas savo draugą seržantą Aleksą Milerį. Jis persigalvojo planą jam paskambinti. Apsilankymas asmeniškai būtų buvęs geresnis, nes jie buvo ilgamečiai draugai.

Kai prieš daugelį metų jie pirmą kartą susitiko, Aleksas buvo jaunas pareigūnas ir naujokas. Abas dirbo savo parduotuvėje, kai į ją įsiveržė du ginkluoti vyrai ir pavogė kasoje buvusius pinigus. Abė išsisuko tik su lengvu smūgiu į galvą. Jis buvo labai dėkingas, kad tą dieną jo žmona nuėjo į didmeninę prekybą.

Susisiekus su policija, ši atsiuntė Aleksą kartu su aukštesnio rango pareigūnu. Vyresnysis pareigūnas pasiūlė Abė pasamdyti žmogų, kuris saugotų duris. Jis pasakė, kad tai

arba tai, arba mokėti už brangią apsaugos sistemą. Abė negalėjo sau leisti nė vieno iš šių variantų. Jie užpildė ataskaitą ir išvyko, bet Aleksas grįžo. Jis pasisiūlė dirbti mėnesio šviesoje - už tam tikrą mokestį. Kaip jaunam pareigūnui, jie nesiųsdavo jam daug valandų.

Abė sutiko mokėti Aleksui po dvi valandas per dieną, ir jie susidraugavo. Po kelių mėnesių darbo santykių buvo apiplėšta kita parduotuvė, esanti tame pačiame ruože kaip ir Abės. Aleksas vienas pats sulaikė abu nusikaltėlius. Vėliau Abė atpažino juos per akistatą, ir plėšikai buvo pasiųsti į kalėjimą.

Po to Aleksas pradėjo kilti karjeros laiptais. Tačiau jie su Abė palaikė ryšius, o kai Aleksas susituokė, jis ir El dalyvavo vestuvėse. Kai jiems gimė pirmasis vaikas, jis ir El buvo pakviesti į krikštynas. Mergaitė, po jos du berniukai dvyniai. Bėgant metams Abė ir Elė dalyvavo Kalėdų ir Padėkos dienos šventėse Milerių namuose.

Vėliau, kai į jų gyvenimą atėjo Benjaminas, o Aleksas buvo paaukštintas į sargybinius, jie prarado ryšį dėl

tačiau vis dar sugebėdavo kartkartėmis susitikti ir išgerti puodelį kavos.

Atvykęs į policijos nuovadą, jis paprašė registratūroje susitikti su seržantu Mileriu, kuriam buvo pasakyta, kad jo nėra. Abė trumpai pasėdėjo laukiamajame, kol kitoje patalpos pusėje pastebėjo skelbimų lentą su vaikų nuotraukomis. Dingę vaikai.

Nusivalęs akinius Abė persikėlė į vidų, kad atidžiau pažvelgtų. Nė vienas iš vaikų neturėjo ilgų šviesių plaukų. Įsitikinęs, kad vaiko, vardu Katie, nėra tarp plakate pavaizduotų vaikų, jis vėl atsisėdo atgal.

Priėjo seržantas Mileris ir abu draugai paspaudė vienas kitam ranką. Mileris pasiūlė jiems pabėgti iš stoties į kavinę, esančią netoli pėsčiomis. „Ten mums niekas netrukdys, o man praverstų pertrauka".

Jie atsisėdo kavinės kabinoje, Abė pasiteiravo, kaip visiems sekasi namuose.

„Praėjo nemažai laiko, seni drauge, ar ne? Jiems viskas gerai, ačiū, - pasakė Mileris. Jis atsidarė telefoną ir parodė Abė trumpą vaizdo įrašą iš dvynių vidurinės mokyklos baigimo ceremonijos. „Henris nori būti daktaras, - didžiuodamasis pasakė Aleksas. „Džimis nori būti teisininkas". Jis pervertė daugiau nuotraukų, tada sustojo. „O Dženny, kodėl ji ir Vilas ką tik padovanojo mums pirmąjį anūką. Ji labai graži." Jis paliko nuotrauką atverstą, kad Abė galėtų į ją pažiūrėti, ir grįžo prie kavos ruošimo, įpildamas dvi grietinėlės ir saldiklio.

„Ak, ji visai gražuolė. Sveikinu tave ir tavo žmoną tapus pirmagimiais seneliais". Jis gurkštelėjo kavos. „O ir daktaras yra gerbiama profesija, o stoti į teisę - taip pat. Abi šios profesijos yra saugesnės nei jūsų profesija." Jis nusijuokė, tada pamaišė kavos puodelį.

„Tikrai taip," - pritarė Aleksas ir gurkštelėjo gurkšnį. Stipri kava nudegino lūpas, vis dėlto jis gurkštelėjo dar kartą.

„Pasaulis darosi vis pavojingesnis, - tęsė jis, - tikiuosi, kad kada nors netolimoje ateityje išeisiu į pensiją. Be to, nenoriu nerimauti dėl savo sūnų, rizikuojančių savo gyvybe, kai pagaliau galėsiu pasidėti kojas ir atsipalaiduoti."

Abu draugai gurkštelėjo ir pamirkė į kavą savo keksiukus.

„Taigi, kas tave šiandien atvedė pas mane?" Aleksas paklausė žvilgtelėjęs į laikrodį. „Tikiuosi, kad ta tavo žmona nekelia tau problemų."

Abė nusišypsojo. „Ne." Jis suabejojo. „Turiu draugą."

„O, ne, ne „Aš turiu draugą".

Abė tęsė: „Turiu draugą, - nusišypsojo jis, - kuris turi rūpesčių."

„Papasakok man daugiau."

„Jis rado vaiką, vakar vakare prie krantinės sėdintį vieną. Jį paliko motina. Jis nuvedė ją į saugią vietą."

„Jūsų draugas yra geras pilietis, - pasakė Aleksas. „Taigi, kaip šiuo atveju galiu padėti?"

„Mano draugas svarsto, ar jam gali būti šiek tiek karšta dėl to, kad įsitraukė į šią situaciją. Jis yra nepilnametis, o vaikas buvo per daug traumuotas, kad nuvestų ją į nuovadą. Jei, mano draugas kreiptųsi dabar, ar jis patektų į bėdą dėl pranešimo vilkinimo?"

Aleksas apsvarstė šį klausimą. „Kaip gerai pažįstate šį vaikiną?"

Abė atsisėdo tiesiai: „Prisimenate Bendžaminą?"

Aleksas baigė gerti kavą. Grįžusi padavėja paklausė, ar jie dar ko nors norėtų. Kai jie atsisakė visko, išskyrus sąskaitą, ji nuvalė puodelius.

„O, taip, aš jį prisimenu. Malonus, gerai išauklėtas vaikinas, vertinantis, kaip jam pasisekė, kad yra jūsų šeimos narys."

„Jis mums visada buvo kaip sūnus", - pasakė Abė. „O kalbant apie šeimą ir vaikus, man kažkas įdomu".

„Aš klausausi."

„Aną vakarą mačiau laidą, Matlockas, pameni ją?"

„Taip, tiesa, ji šiek tiek pasenusi - ypač jo balti kostiumai". Mileris nusijuokė.

„Taip, vis dėlto prisimenu, kai jie buvo populiarūs - balti kostiumai ir šlepetės. Taip, aš toks senas."

Jis nusijuokė, paskui tęsė. „Programoje buvo rašoma, kad žmogus negali pranešti apie savo vaiko dingimą dvidešimt keturias valandas. Kaip žinote, tai amerikietiška laida, bet man buvo įdomu, ar čia taip pat".

„Kanadoje apie vaiko dingimą galima pranešti bet kada. Nėra jokio laukimo laikotarpio."

„O, to nežinojau, - pasakė Abė. „Įdomu."

„Dauguma žmonių mano, kad tai dvidešimt keturios valandos, - pasakė Aleksas. „Šią klaidingą informaciją galima priskirti prie pakartotinių transliacijų ir netikrų naujienų".

Abė nusijuokė. „Ar tada kas nors pranešė apie dingusį vaiką, turiu omenyje čia, mieste, nuo vakar?"

„Mano žiniomis, ne, - pasakė Aleksas. „Gali būti, kad aš apie tai dar nežinau. Kartais kas nors prasprūsta pro stotį." Jis pasilenkė arčiau. „Man reikia žinoti - kur dabar yra vaikas?"

„Benjaminas šįryt mus su ja supažindino. Elė kelia triukšmą, kaip galite įsivaizduoti".

Seržantas Mileris linktelėjo galva, kai suskambo jo telefonas. Jam reikėjo grįžti į nuovadą.

Jis pasiteiravo, ar per pastarąsias dvidešimt keturias valandas buvo pranešta apie vaiko, mergaitės, dingimą, - nė vieno. Jis atsijungė. „Naujų pranešimų apie dingusius vaikus nėra".

„Suprantu", - pasakė Abė. „Ką turėtume daryti dabar?"

Mileris pasakė: „Jei atvešite ją į nuovadą, mes ja pasirūpinsime, kol įsitrauks Vaikų teisių apsaugos tarnyba."

„Ji taip gražiai pas mus apsigyveno".

„Taip, palikti ją su jumis dabar gali būti geriausia išeitis. Kol mes atliksime tyrimą. Nenorėčiau, kad ji būtų per anksti išsiųsta į globos sistemą. Ypač jei tai pirmas nusižengimas."

„Mes pasirūpinsime jos saugumu."

„Žinau, kad taip ir būtų, bet turiu pasitarti su savo viršininku. Mano nuomone, tikriausiai geriausia būtų palikti ją ten, kur ji yra." Jis atsistojo. „Ar dar ką nors norite man pasakyti, prieš pradėdamas klausinėti?"

„Benjaminas šiandien grįžo į krantinę tikėdamasis, kad vaiko motina bus ten - jos nebuvo."

„Gerai, kad ji negrįžo, - pasakė Mileris. „Tai reikia ištirti. Pažiūrėti, ar ji nėra pakartotinė nusikaltėlė". Jis vėl patikrino laiką. „Kiek vaikui metų?"

„Tiksliai nežinau, bet manau, kad septynerių ar aštuonerių".

Mileris išėjo iš kavinės kalbėdamas telefonu ir grįžo po kelių minučių. „Kol kas ji gali likti su jumis. Tuo tarpu paprašysiu savo pareigūnų, kad jie stebėtų, ar pakrantėje nesislapsto moteris. Ar žinote, kaip ji atrodo?"

„Ne, turėtumėte pasikalbėti su Bendžaminu. Arba aš galiu jo paklausti už jus ir pranešti jums?"

„Žinoma. Išsiaiškink ir parašyk man". Jis ištiesė ranką ir šiltai ją priėmė.

„Ačiū, - tarė Abė.

Mileris pridūrė: - Kad ir kas nutiktų, neatiduok vaiko. Jei moteris pasirodys, sulaikyk ją ir paskambink man. Bet kuriuo metu dvidešimt keturis septyniasdešimt septynias. Noriu su ja pasikalbėti - duoti jai, už ką. Taip pat įsitikinti, kad ji yra teisėta ir supranta padarytas klaidas. Jei prireiks, įtrauksiu socialines tarnybas".

Abė pasakė, kad SMS žinute kuo greičiau perduos moters aprašymą.

„Geras žmogus, - pasakė seržantas Mileris, kai jie išsiskyrė prie kavinės.

Abė, užuot ėjęs tiesiai namo, nuėjo į Vandenų krantinę. Jis atsisėdo ant suoliuko ir klausėsi čaižių ir bangų ošimo. Po trisdešimties minučių, niekam nematant, jis grįžo į parduotuvę, kur jo pasveikinti išėjo žmona.

„Gera kaip auksas", - pasakė Elė ir pabučiavo vyrą iš pradžių į kairįjį, o paskui į dešinįjį skruostą.

Jis pastebėjo, kad žmonos žingsniai tapo pavasariški, o skruostai paraudę. Tai jam priminė dienas, kai jie pirmą kartą susižadėjo.

Papasakojęs Elui apie susitikimą su seržantu Mileriu, Abė paklausė vaikų, ką jie žiūri per televizorių.

„Kempiniukas Plačiakelnis", - atsakė Katie. „Jis juokingas."

„Ech, jei galima, vėliau galėsi papasakoti Benjaminui, kas nutiko? Kadangi norėčiau su juo akimirką ar dvi pasikalbėti lauke".

Ji linktelėjo galva.

„Ar ką nors sužinojote stotyje?" Benjaminas pasiteiravo uždaręs už savęs duris.

„Tuoj tau papasakosiu, bet dabar seržantas Mileris nori, kad perduočiau jam Kati motinos apibūdinimą SMS žinute." Jis padavė Benjaminui savo telefoną. „Tu eik ir įvesk informaciją. Tu rašai greičiau."

Benjaminas spustelėjo mygtuką: Sveiki, seržante Mileris. Čia Benjaminas. Kati mama vilkėjo tamsią suknelę be rankovių, raudoną skarelę ir avėjo aukštakulnius batelius. Jos plaukai buvo tamsūs, beveik juodi, o vakar, kai buvo saulė, ji dėvėjo tamsius akinius nuo saulės."

„Aukštis?“ Mileris atsakė.

„Maždaug 5 pėdų 7. - be aukštakulnių.“

„Ačiū. S.A.M.“

Bendžaminas atsakė nykščiu į viršų emoji. „Taigi, papasakok, ką išsiaiškinai apie Katie“.

„Iš pradžių iškėliau ją kaip hipotetinę. Mes pasikalbėjome, paskui aš jam papasakojau konkrečius dalykus.“

„Gerai, pakankamai sąžininga.“

„Galiu patvirtinti, - pasakė Abė, - kad ji dar nebuvo paskelbta dingusia be žinios“.

„Kažkas turėjo nutikti jos mamai. Tikiuosi, kad jai viskas gerai.“

„Seržantas Mileris, Aleksai, sakė, kad pasielgėte teisingai ją čia atvežęs. Jo pareigūnai prižiūrės motiną. Jei ji pasirodys, jie ją atveš apklausai. Jei bus kokių nors naujienų apie Katie, jie mums praneš“.

„Dar kartą ačiū, Abe.“

„Kadangi šiandien šeštadienis ir Katie nereikia eiti į mokyklą, tai gerai. Tikėkimės, kad iki pirmadienio viskas bus sutvarkyta ir ji grįš į klasę, tarsi nieko nebūtų nutikę.“

„Taip, - tarė Benjaminas, jau galvodamas apie tai, kaip jam jos trūks, kai jos nebus.

Į koridorių įėjo Elė ir trijulė kartu šnabždėjosi.

„Mes, Abė ir aš, manome, kad jai bus patogiau svečių kambaryje“.

Benjaminas nusivylė ir jo žvilgsnis nukrypo į grindis.

El palietė jam ranką. „Galiu ją prižiūrėti, kai jūs abu prižiūrėsite parduotuvę. Galėsime užsiimti mergaitiškais reikalais".

Abė įsiterpė: „Tau irgi reikia miego, Bendžamine, o ta sena kėdė netinka miegoti".

„Jau daug metų norėjome pakeisti tą seną daiktą".

„Tai mano darbų sąraše", - pasakė Abė. „Kada nors imsiuosi ją pervilkti."

„Geriau išmesk jį į šiukšlių dėžę arba panaudok malkoms. Jau seniai norėjau šiek tiek sutvarkyti kambarį. Toms knygų lentynoms taip pat reikia atnaujinti."

„Įtrauksiu į sąrašą."

Elė pabučiavo jį į kaktą. „Būtų gražu kambarį padaryti labiau mergaitišką."

„Ji čia tik trumpam."

„Žinau, žinau. Bet ji verčia mane galvoti apie mano jaunesniąją seserį Sammy. Samanta. Apie tai, kaip mes kartu išdykaudavome." Ji pažvelgė į vyrą. „Visada norėjau turėti savo mažą mergaitę - tai kitas geriausias dalykas. Net jei tai bus tik trumpam."

Abė apkabino ją ranka. „Suprantu, jūs abu norite žaisti kartu."

Elė pabučiavo jį į skruostą ir visi trys susikibo į grupinį apkabinimą.

Kai jie išsiskyrė, Abė paklausė: „Ar Katie žino savo adresą?"

„Ji jį žino, ir mes jį vakar vakare patikrinome. Niekas nebuvo namie ir ji neturi rakto. Tai Ontarijo gatvė, 74 numeris."

Abė telefone išsikvietė „Google" žemėlapius ir įvedė adresą, ketindamas nuvykti į namus. Kai pats apžiūrės, adresą praneš savo draugui seržantui Mileriui. „Vaikui prireiks daiktų, - pasakė Abė, duodamas Benjaminui savo kreditinę kortelę. „Nupirk laisvalaikio drabužių, pižamos, padorių batų, kojinių ir apatinių daiktų. Ir dantų šepetėlį".

Bendžaminas sutvarkė virtuvę, o Abė šnekėjo apie savo apsilankymą policijos nuovadoje. „O, ir dar vienas dalykas, jei Katie pamatys savo motiną, arba atvirkščiai, ji neturi būti jai grąžinta. Jie nori pirmiausia pasikalbėti su ta moterimi nuovadoje".

Į virtuvę įžengė Katie: „Ar mano mamai atsitiko bėda?"

„Ne, ne, mielasis, - pasakė Benjaminas. „Policija nori įsitikinti, kad jai viskas gerai, štai ir viskas". Jis pašiaušė jai plaukus. „Dabar nusiprausk veidą ir susišukuok plaukus". Ji nuėjo į vonios kambarį ir uždarė duris.

„O jei jos motina sukels sceną? Jei pamatys mane, nepažįstamąjį su savo dukra?"

Abė sušnabždėjo: „Ji paliko savo dukrą. Ją galėjo paimti bet kas, todėl abejoju, ar ji sukels sceną." Jis patikrino, ar Katie neišėjo. „Be to, vargšei moteriai gali būti negerai su galva. Jei ji pamatys vaiką, paskambinkite policijai ir pasilikite vietoje. Klausk seržanto Milerio. Jis jus prisimena ir pasirūpins".

Benjaminas atsisėdo ir tylėjo.

„Matau, kad mes tave sunerimome, - tarė Abė. „Vaikas žinos, kas jam patinka ir ko jam reikia, o darbuotojai jums padės".

Benjaminas pažvelgė į savo kojas, jis nieko neišmanė apie drabužių pirkimą mažai mergaitei.

Elė paklausė: „Ar norėtumėte, kad eičiau su jumis?" Ji pažvelgė į savo vyrą. „Jei tau tai netrukdo? Jau po trečios valandos, taigi, vėl nebus baisiai daug darbo".

Benjaminas linktelėjo galva. „Prašau, Abė."

Katie mėgdžiojo Benjamino žodžius. „Pleeeasssse, Abe."

Nebegalėdamas atsispirti, Abė linktelėjo galva.

„Mes einame apsipirkti, dėl tavęs, - pasakė Benjaminas. „Tu, El ir aš."

Katie sušvokštė iš džiaugsmo.

SKYRIUS 14

APSIPIRKIMO DIENA

Netrukus Katie jau turėjo viską, kas buvo sąraše.

„Dabar eime ko nors užkąsti", - pasiūlė Elė.

Jie nuėjo į pagrindinėje gatvėje esančią kavinę. Katie užsisakė braškinį pieno kokteilį, El paprašė stiprios arbatos, o Benjaminas - kolos su ledu.

Katie gurkštelėjo pieno kokteilį. „Nori manęs kažko paklausti, tiesa, El?"

El linktelėjo galva. „Iš kur pažįsti tą vaiką?"

„Nieko tokio, jei paklausi manęs. Aš neprieštarauju."

El suabejojo, tada paklausė: „Kokia tavo mėgstamiausia spalva?"

Katie nusijuokė, aiškiai ne tokio klausimo ji tikėjosi. „Neturiu vienos mėgstamiausios spalvos. Kam rinktis vieną, kai jų tiek daug?"

El nusišypsojo. Ne tokio atsakymo ji tikėjosi.

„Turiu klausimą, - paklausė Benjaminas. Jis suabejojo, o El ir Katie laukė. „Kas tau nupirko lėlę? Ar tavo mama?"

Katie per šiaudelį gurkštelėjo dar pieno kokteilio. „Jis, - pasakė ji.

El pasilenkė arčiau: „Tavo tėvas?“

„Ne, mano mamos draugas Markas. Tai buvo dovana. Jis visada man atneša dovanų.“

„Kalėdoms? Arba tavo gimtadieniui?“ Benjaminas paklausė.

„Ne, už nieką dovanų. Jis tiesiog pasirodo ir ką nors man atneša“.

„Aha, - tarė Benjaminas, žvilgtelėdamas į Elę. „Tai kaip tavo pieno kokteilis?“

„Skonis kaip dangus“, - pasakė Kati, paskui pirštu perbraukė per lūpas.

„Kas nutiko?“ El paklausė.

„Aš tik galvoju...“

„Apie ką?“ Benjaminas pasiteiravo. „Neprivalai mums sakyti, jei nenori.“

Katie susimąstė, tada pasakė: „Jei čia būtų mano mama, ji gertų karamelinį pieno kokteilį. Mes gurkšnotume lėtai. Mes visada gurkšnojame lėtai. Aš pamiršau ir gurkštelėjau greitai, o dabar jis visas dingo“. Ji susiraukė.

„Ar norėtum dar vieno?“ Benjaminas paklausė.

„Ar galiu?“

„Gali.“ Jis pakvietė padavėją.

Jam atėjus Katie pasakė: „Palaukite, man nereikia dar vieno.“

„Kodėl ne?“ El paklausė.

„Tai paprasta. Dabar, kai galiu gauti dar vieną, man užtenka ir šio“.

Benjaminas ir El pažvelgė vienas į kitą, tada vėl į Katie.

„Tu esi vienintelė tokia, vaike, - pasakė El.

„Taip visada sako mama.“

Ji apmokėjo sąskaitą ir jie išėjo į gatvę.

„Ar galiu apsiauti savo naujus batus?“

„Žinoma, gali, - pasakė El ir nusiavė Katie sandalus.

Ji sukiojo kojų pirštus į batelius, tada pašoko šaligatviu. El ir Benjaminas stengėsi nuo jos neatsilikti.

SKYRIUS 15

VĖL NAMO

Grįžę namo, jie rado Abė sėdintį supamojoje kėdėje. Jo pečiai buvo nusvirę, o rankos sukryžiuotos ant kelių.

Elė priėjo prie jo ir pabučiavo į kaktą. „Einu paleisti vonią Katie. Tai padės jai užmigti po visų įspūdžių".

„Gera mintis, meile", - pasakė Abė. „Kaip sekėsi apsipirkti?" - kreipėsi į Benjaminą.

„Buvo smagu - Katie kupina energijos. Net man buvo sunku su ja suspėti."

Abė nusišypsojo. „Gaila, kad praleidau." Jis nuleido balsą. „Turiu daugiau informacijos. Norėčiau pasidalyti

su tavimi ir El vienu metu. Kai mažoji miegos."

Benjaminas krūptelėjo.

Abė pasakė: „Kodėl tau neateinant į viršų, neužmigti. Pasikalbėsime po valandos, gerai?"

„Skamba kaip planas. Ačiū." Jis pakilo laiptais į viršų.

Kai Katie užmigo, jie susirinko svetainėje. Elė paruošė kelis sumuštinius. Abė buvo ypač alkanas. Jis nevalgė nuo pusryčių.

„Ji iš karto nuėjo miegoti, - paminėjo El. „Ir gražiai atrodė su savo naujaisiais princesės naktiniais marškinėliais.“

„Šiandien praleidome nuostabią dieną, labai ačiū, kad padėjai El.“

„Man buvo malonu.“

Abė baigė kramtyti sumuštinį, nusišluostė burną ir gurkštelėjo vandens. „Turiu naujienų. Tai nelengva pasaka. Prašau netrukdyti ir neklausinėti, kol nebaigsiu“.

Ir Elė, ir Benjaminas prisiglaudė arčiau ir sutiko.

„Uždaręs parduotuvę penktą valandą, nuvykau į Katios namus. Neplanavau eiti iki rytojaus, bet kažkas man kilo noras eiti šiandien, todėl nuėjau“. Jis padarė pauzę.

Tęsk, - pagalvojo Benjaminas, bet žinojo, kad tai pasakyti būtų nemandagu.

„Pasibeldžiau į lauko duris, niekas neatidarė, bet užuolaidos buvo praskleistos. Sustojau ir įsiklausiau, ar iš vidaus nesigirdi garsų, nieko. Apėjau namo šoną ir nuėjau į galą. Nebuvo jokių požymių, kad ten gyvena vaikas, jokių žaislų, dviračių, sūpynių ar kamuolių. Jokių ant virvės kabančių skalbinių.

„Užsisakiau taksi, vairuotojas laukė manęs prie šaligatvio. Nuėjau prie gretimų durų ir pasibeldžiau. Atsiliepė vyriškis, pasakė, kad kažkas gyvena greta, maža mergaitė ir moteris, tai viskas, ką jis žinojo. Tada jis užtrenkė man duris prieš veidą.

„Periferiniu matymu pamačiau, kaip kitoje gatvės pusėje pajudėjo užuolaida. Perėjau ten ir pasibeldžiau. Atsiliepė moteris, pakvietė mane į vidų išgerti.

Ji pamatė laukiantį taksi ir liepė jam pasitraukti. Pasakė, kad susisieks su kitu, kai būsiu pasiruošęs važiuoti. Sutikau, nujausdamas, kad ji gali turėti informacijos apie vaiko motiną. Ji buvo užsiėmusi, tuo neabejojau. Paprastai jos vengčiau, bet šiuo atveju informacija vaiko gerovei buvo labai svarbi, todėl likau.

„Jos namai buvo švarūs ir tvarkingi. Man negrėsė joks pavojus, o vienintelis garsas jos namuose buvo nepaliaujamas senelio laikrodžio tiksėjimas. Prisėdome, pasidalijome puodeliu arbatos.

„Kai paklausiau apie vaiką, ji pasakė, kad kitapus gatvės esančiame name visada vyksta kažkas negero. Šauksmai. Besisukančios vyrų durys ir automobiliai, stovintys važiuojamojoje dalyje, o kartais išsiliedavo į gatvę. Ji pamanė, kad tai buvo vedę vyrai. O ir dar ji sakė, kad paskutinis prašmatnus vyras turėjo didelį automobilį ir vairuotoją. Apie Katie motiną kalbėjo visa gatvė".

Elė prisidengė burną ranka: „Vargšė maža pelytė."

Benjaminas pakeitė temą. „Ar ką nors sužinojote apie Katie?"

Abė atsiduso. „Rami ir gerai elgiasi, - paaiškino kaimynė Džudė Smit. „Ji sakė, kad vakar ryte pastebėjo ir mamą, ir dukrą. Ji išsiskyrė, nes buvo mokyklos diena, o vaikas su savimi nešėsi natūralaus dydžio lėlę. Tačiau ji nematė jų grįžtančių namo.

„Kai jai pasidarė nuobodu su manimi kalbėtis, ji nuėjo prie savo namo durų ir švilptelėjo į gatvę. Jos sūnus, taksi vairuotojas, sustojo priekyje. Ji išstūmė mane pro priekines duris, įsodino į automobilį ir aš nurodžiau vyrui netikrą adresą. Nenorėjau, kad žinotų mano adresą. Jie atrodė ekscentriški".

„Nori pasakyti, kad pamišęs?"

Abė linktelėjo galva, tada įsipylė sau arbatos ir pasiūlė po puodelį El ir Bendžaminui.

„Dabar galite užduoti klausimus, - pasakė jis.

raėjo kelios minutės, gal penkiolika ar daugiau, kol Elė nutraukė tylą. „Ta vargšė erkė. Koks turėjo būti jos gyvenimas, kai vyrai ateidavo ir išeidavo visą dieną ir naktį." Ji sulaikė verksmą, kilusį giliai iš jos motiniškos šerdies. „Jokio gyvenimo jokiam vaikui - ir štai mes. Tu ir aš, kurie niekada negalėjome turėti savo kūdikio."

„Štai, štai, - tarė Abė, glostydamas žmonos ranką. „Būtent tokie mano jausmai. Šiame pasaulyje nėra jokio teisingumo. Jokio ritmo ar priežasties. Ir vis dėlto, kas mes tokie, kad galėtume teisti?"

„Viskas, ką aš žinau, - įsiterpė Benjaminas, - tai, kad Katie myli savo motiną."

„Net ir skriaudžiamas vaikas myli savo motiną, - pasakė Elė.

„Įrodymas yra apleistumas", - pasakė Abė.

„Galbūt jai niekas negalėjo padėti. Mes nežinome, kas nutiko, - pasakė Bendžaminas.

„Tai tiesa. Atsiprašau, kad taip greitai nusprendžiau. Taigi, kas bus dabar?" Elė paklausė.

„Laukiame, - pasakė Abė. „Ir užduosime klausimus, nesutrikdydami mažosios Katie. Išsiaiškiname, ką galime. Tuo tarpu seržantas Mileris viską išjudins iš vietos. Perdaviau Katie adresą; Benjaminas davė jam jos motinos apibūdinimą. Jie patikrins ligonines, morgą ir pakrantę".

„Morge", - pasakė Elė. „Nenoriu nė pagalvoti, kad tas mažylis liko vienas pasaulyje."

„Žinau, žinau, - tarė Abė. Jis pakeitė temą. „O ir kol dar nepamiršau." Jis įkišo ranką į kišenę ir ištraukė voką, kurį padėjo ant stalo. „Tai buvo pašto dėžutėje Katie namuose."

„Abe, vogti svetimą paštą yra federalinis nusikaltimas!" El sušuko. Šio išsišokimo nepakako, kad sustabdytų ją nuo voko apvertimo taip, kad ir ji, ir Benjaminas galėtų jį perskaityti.

„Man tai puikiai žinoma, - patvirtino Abė. „Bet dabar žinome, kad jos motinos vardas yra Dženifer Volker".

Bendžaminas krūptelėjo ir atsistojo, tada pabučiavo Elę į skruostą. „Dabar Katie nėra viena. Ji čia, su mumis." Jis palinkėjo labos nakties. „Ačiū už pagalbą." Abė pliaukštelėjo jam per nugarą kaip tėvas sūnui.

Viršuje jis persirengė pižamą ir krito į lovą. Buvo per daug pavargęs, kad užsitrauktų antklodę, ir vietoj to įsisupo į antklodę.

***

Benjaminas stovėjo ant aukšto pastato stogo krašto, negalėdamas pažvelgti žemyn, o jo kojų pirštai jau buvo peržengę ribą. Buvo naktis, o žvaigždės buvo plyšiai, tarsi akys danguje, stebinčios jį ir norinčios eiti pirmyn. Šok, atrodė, kad jos sako. Tiesiog šok.

Jis dairėsi ir svyravo. Į priekį eiti buvo taip pat lengva, kaip ir atgal, ir jis buvo visiškai vienas. Visiškai vienas pasaulyje, niekas juo nesirūpino. Niekas juo nesirūpino. Niekam nerūpėjo, ar jis gyvens, ar mirs.

Jis skaitė daug knygų apie didvyrius. Jaunų berniukų, kurie, kaip ir jis, buvo netekę tėvų ir nuveikę nuostabių dalykų. Žinoma, tokie personažai buvo išgalvoti.

Palaukite minutėlę! Aš esu geras žmogus. Aš padedu žmonėms. Galvoju apie kitus pirmiau nei apie save. Nemeluoju, nevagiu ir neskriaudžiu kitų ir visada, beveik visada, laikausi savo pažadų.

Kodėl beveik visada? paklausė balsas aukštai virš jo.

Jis neatsakė - vietoj to apsivertė per kraštą ir atsibudo ant grindų šalia savo lovos. Jo drabužiai buvo drėgni nuo prakaito - bet jis buvo saugus. Saugus ir sveikas. Nors buvo keturios valandos ryto, jis neketino vėl užmigti. Jis įsitaisė žaisti žaidimų telefone. Po savo kambariu jis girdėjo, kaip kažkas žingsniuoja pirmyn ir atgal. Tikriausiai Abė. Jis užsidėjo ausines. Prisijungus keliems draugams, jis visiškai pasinėrė į daugelio žaidėjų internetinį žaidimą. Jis žaidė tol, kol horizonte pasirodė saulė, tada grįžo į lovą.

SKYRIUS 16

ABE IR EL

Abė negalėjo užmigti. „Ar prabudai?"

„Dabar jau esu."

„Aš esu šiek tiek alkanas, o tu?"

„Dabar, kai pabudau, aš taip pat. Eime, aš ką nors paruošiu. Ko trokšti?"

Vaikščiodami koridoriumi jie žvilgtelėjo į Katie.

„Ji toks mažas angelėlis."

„Tai ji ir yra." Dabar virtuvėje Abė pasakė: „Man tiktų sumuštinis su skrudintu sūriu."

„Gerai, tu užkaisk virdulį, o aš užkursiu kepsninę."

Kai maistas buvo paruoštas, o puodelyje garavo arbata, jie susėdo ir valgė sumuštinius.

„Tikrai labai patiko, ačiū."

„Patogus maistas visada tinka." Ji pastūmė savo kėdę atgal.

„Ne, pasėdėk minutėlę. Noriu su tavimi pasikalbėti."

„Arbatos?" Abė linktelėjo galva ir ji pripildė jų puodelius. „Kas tau kelia nerimą? Žinau, kad kažkas yra."

„Prisimeni, kalbėjome apie Benjamino įsivaikinimą?"

„Taip, bet kadangi jam jau buvo penkiolika, nusprendėme to nedaryti."

„Ir vis dėlto aš vis galvoju, kad jei mes jį įsivaikintume, tai jei man kas nors nutiktų - jis būtų šeima ir galėtų tau padėti su parduotuve. Jei prireiktų, perimti ją. Tas pats, jei kas nors nutiktų tau - jis būtų didelė pagalba man."

Elė pamaišė arbatą. „Ar jis nori būti įvaikintas? Jam mūsų nebereikia, kaip kad reikėjo, kai jis pirmą kartą atvyko čia gyventi su mumis. Jis savarankiškas jaunuolis. Nenorėčiau jo pririšti prie mūsų".

Abė pakėlė balsą. „Pririšti jį prie mūsų? Ar tu taip manai? AŠ, AŠ."

„Nusiramink, meile. Po poros metų jis bus pakankamai suaugęs, kad galėtų išskristi pats - ir jis turi pilną teisę išskristi. Koks buvo tas posakis, *kad jei ką nors myli, išlaisvink jį, o jei jis sugrįš, bus tavo.*"

„O jei negrįžta, vadinasi, niekada nebuvo. Neprisimenu, kas tai pasakė."

„Gal Kiplingas arba koks nors į jį panašus išminčius. Nesakau, kad jis niekada negrįš; manau, kad grįš. Jam patinka dirbti parduotuvėje".

„Taip, ir vieną dieną jis galėtų tapti parduotuvės savininku - vadovauti parduotuvei. Tęsti mūsų palikimą."

„Jei jis norės.“

„Žinoma.“

„Ką norėtum daryti? Kas palengvintų tavo mintis?“

„Norėčiau pasikalbėti su Travisu, mūsų teisininku, paklausti jo patarimo.“

„Ar nevertėtų pirmiausia šią temą aptarti su Benjaminu?“

„Jei tai padarytume ir po teisininko konsultacijos persigalvotume - tai gali turėti pasekmių. Verčiau pirma pasitikslinkime, tada galėsime nuspręsti. Jei šį kartą nuspręsime tęsti, galėsime pasikalbėti su juo ir sužinoti, ką jis mano.“

Elė krūptelėjo. „O, atsiprašau.“ Ji paėmė vyro ranką į savo. „Panašu, kad turime planą. O dabar grįžkime į lovą, ta mažoji netrukus atsikels norėdama pusryčių.“

SKYRIUS 17

I MISS...

Abė ir El pagaliau užmigo, kai Katie koridoriuje išleido klyksmą.

El buvo prie jos per kelias sekundes, beveik taip, tarsi būtų to laukusi. Vos ją pamačiusi Katie apsivijo ją aplink kaklą.

Netrukus atvyko ir Abė. „Kas nutiko mažylei?"

„Aš pasiilgau..." - tai viskas, ką ji ištarė prieš spausdama veidą El krūtinei.

Benjaminas suklupo kambaryje. „Kas atsitiko?"

Kati liko nejudėti, o jie apsikeitė švelniais šnabždesiais.

„Ji pasiilgo mamos, - pasakė El. Katie prisiglaudė arčiau. „Jūs abu grįžkite į savo lovas, o aš liksiu čia su mažąja". Tada Katie: „Tu dabar to norėtum, ar ne? Jei pasilikčiau čia?" Ji kažką pašnibždėjo El. „O, suprantu, - pasakė ji. „Ar tikrai?" Katie linktelėjo galva. „Ji norėtų, kad ir tu pasiliktum, Benjamine. Pasiimk iš lauko antklodę ir galėsi užmesti ją ant savęs ant ten esančios kėdės". Benjaminas įvykdė jos nurodymą.

„Na, tada labos nakties", - pasakė Abė ir uždarė duris, džiaugdamasis, kad gali grįžti į patogią savo lovą.

SKYRIUS 18

SEKMADIENIS, SEKMADIENIS

Sekmadienio rytai Juliaus namuose buvo ypatingi. Kadangi parduotuvė atsidarydavo tik vidurdienį, šeima visada ruošdavo ir dalydavosi dideliais pusryčiais.

„Šiandien vafliai", - paskelbė Elė, išsitraukdama vaflinę ir įjungdama ją į elektros lizdą. Ji ėjo į priekį ir ruošė tešlą, kol kepsninė buvo paruošta.

Tuo tarpu kiti padengė stalą. Ant stalo buvo padėta prieskonių: sirupų, vaisių, sviesto ir plaktos grietinėlės skardinėje.

„Vafliai taip skaniai kvepia, - pasakė Katie, kai Elė pastatė paruoštus vaflius stalo viduryje.

„Ačiū, meile," - pasakė El. „Ką nors pamiršome, kol atsisėdau?" Niekas nieko negalėjo sugalvoti, todėl El atsisėdo viename stalo gale, o jos vyras - kitame.

„Ačiū už gurmanišką maistą, - pasakė Abė, o tai buvo jo valgymo maldos versija. „O dabar kimškite!" Jie taip ir padarė.

Katie sėdėjo ir stebėjo kitus, nes niekada nebuvo valgiusi vaflių.

„Ko lauki, meile?"

„Stebiu, nes vienintelis vaflis, kurį kada nors valgiau, buvo ledų kūgis."

„Gudri mintis", - pasakė Benjaminas. Jis nuėjo prie šaldiklio ir ištraukė indelį neapolietiškų ledų. Tada iš stalčiaus paėmė ledų šaukštą ir atnešė juos prie stalo.

El padėjo Katie ant vaflio uždėti vaisių, įskaitant mėlynes ir braškes. Ji pridėjo keletą obuolio skiltelių. „Gražiai atrodo", - pasakė vaikas.

„Dabar tu pabandyk, - pasakė Benjaminas.

Katie pridėjo kaušelį ledų ir šokoladinį padažą.

„O, aš ką tik sugalvojau dar kažką", - pasakė El ir pastūmė savo kėdę atgal. Ji atsisuko į Katie: „Tu juk nesi alergiška riešutams, ar ne?"

„Ne. Mano mokykloje pora vaikų yra alergiški, todėl turime būti atsargūs, bet aš nesu alergiška niekam".

„Man irgi", - pasakė Benjaminas, berdamas ant vaflio viršaus smulkintus graikinius riešutus. Paskui pridėjo plaktos grietinėlės - nors jis, kaip ir Katie, jau turėjo ledų ant savo vaflio.

„Ar galiu ir aš gauti plaktos grietinėlės?"

Benjaminas užpurškė grietinėlės ant Katie vaflio. „Atrodo per gerai, kad dabar valgytum", - pasakė ji ir visi nusijuokė. Jos veidas nušvito: „MMMMM", - pasakė ji. „MMMMM."

Kai kiekvienas suvalgė savo porciją, Elė paruošė kavos.

„Esu per sotus, kad galėčiau pajudėti", - pasakė Benjaminas.

„Aš irgi", - pasakė Katie, glostydama pilvą.

Abė pažvelgė į laikrodį, iki parduotuvės atidarymo dar buvo laiko. „O, norėjau tavęs paklausti Katie, kaip vadinasi tavo mokykla?"

„Aš mokausi Švč. Mergelės Marijos pradinėje mokykloje", - atsakė Katie.

Abė įvedė adresą į „Google".

„Ar tau patinka mokykla?" Benjaminas paklausė.

„Viskas gerai.

„Rytoj paskambinsime į tavo mokyklą, - pasakė Elė, - ir pranešime, kad kelias dienas tavęs nebus."

„Norite pasakyti, kad man nereikės eiti?" ‚Ne.‘ "Norime, kad kol kas liktum čia."

„Kol grįš mano mama?"

„Taip, iki to laiko", - pasakė Abė.

„Ar dažnai praleidžiate mokyklą?" Elė pasiteiravo.

„Tik tada, kai sergu arba kai mamai blogai, nes ji neleidžia man pačiam vaikščioti".

„Ar dažnai serga tavo mama?" Abė paklausė, galvodamas apie kaltinimus dėl alkoholio ir narkotikų.

Katie pradėjo verkti.

„Kol kas užtenka klausimų", - pasakė Elė. Ji paėmė Katie ranką į savo. „Nuplaukime nuo tavo veido plaktą grietinėlę ir šokoladinį padažą ir aprenkime tave nauju drabužiu. Eik dabar."

Katie nusekė paskui ir, kai už uždarų durų ištarė: „Mama nenori sirgti".

„Žinoma, kad ne, vaikeli, - pasakė El ir perbraukė Katie veidą šiltu drėgnu prausikliu. „Dabar pakelk rankas ir eime tave aprengti“.

„Aš jau didelė mergaitė.“

„Net didelėms mergaitėms kartais reikia šiek tiek padėti“, - pasakė El ir mirktelėjo.

„Ačiū.“

„Ačiū, kad į mano namus atnešei truputį saulės šviesos.“

Katie akimirką susimąstė, o paskui tarė: „Bet tu jau turėjai saulės, nes turėjai Bendžaminą.“

El nusijuokė. „Tu teisi, mes kasdien matome jo auksinius spindulius. O dabar eikite kartu, juk negalime leisti berniukams susiruošti anksčiau už mergaites, ar ne?“

„Jokiu būdu!“ Katie kikeno.

SKYRIUS 19

SGT. MILLER

Kai seržantas Mileris atvyko į stotį, jo laukė skubus pranešimas iš koronerio:

„Šiandien anksti ryte Ontarijo ežero pakrantėje, netoli viaduko, išplautas moters kūnas. Įprasta savižudžių buveinė. Ji dabar čia, morge. Jos tapatybė nenustatyta, bet ji atitinka moters, kurios prašėte manęs paieškoti, aprašymą. Netrukus turėtų būti patikslinta mirties priežastis. Atvažiuokite, kai atvyksite, tada jums pateiksiu naujausią informaciją".

Mileris nedelsdamas nuvyko į morgą. Kūnas gulėjo ant plokštės, o koroneris ir jo padėjėjas užsirašė informaciją.

„Galbūt norėsite pažvelgti į šitą", - pasakė jis, rodydamas į pjūvį per moters gerklę.

„Tuomet savižudybė atmestina, - pasiūlė Mileris, - pagal ašmenų kampą ji negalėjo to padaryti pati".

„Būtent taip", - patvirtino koroneris. „Be to, po jos nagais radome odos ir plaukų pėdsakų".

Mileris pažvelgė į moters nagus, nudažytus kardinaliai raudona spalva. Pažvelgęs į jos veidą pamatė, kad ant viršutinės lūpos kampučio likęs atitinkamo lūpdažio potėpis.

„Mes jau išsiuntėme mėginius į laboratoriją. Turėtume identifikuoti ją ir galbūt jos užpuoliką, jei duomenų bazėje rasime jų atitikmenų."

„Gal galėčiau paimti jos pirštų atspaudų pavyzdį, kad grįžusi į biurą galėčiau jį patikrinti mūsų duomenų bazėje? Galbūt tai būtų greitesnis kelias į tapatybės nustatymą, jei ji buvo užregistruota dėl kokio nors kriminalinio nusikaltimo."

Koroneris linktelėjo galvą.

„Ką dar apie ją žinome?"

„Amžius 34-37 metai, ji buvo daugiavaisė."

„Du gimdymai", - pasakė Mileris. „Ar galite pasakyti, kada ji susilaukė vaikų?"

„Cezario pjūvis. Prieš septynerius gal aštuonerius metus. Vaginalinis gimdymas neseniai".

„Dar kas nors?"

„Apskaičiavome, kad mirties laikas - šeštadienio vakaras, tarp 19 ir 21:00. Alkoholio ar narkotikų kūne nerasta." Jis suabejojo: „Dar vienas dalykas, ant jos kojų užpakalinės dalies buvo įkandimų." Jis apvertė kūną. „Žiūrėkite čia ir ten, įkandimai. Tai galėjo sukelti vėžliai, bet įkandimai dideli".

„Suprantu", - pasakė Mileris. „Ačiū." Jis padarė pauzę. „Kas tai, prie stuburo?"

„Gimimo žymė."

Jis buvo maždaug luobo dydžio.

Mileris išėjo iš pastato, ir saulės šviesa smogė jam visa jėga. Jis užsidėjo tamsius akinius ir toliau ėjo prie savo automobilio, galvodamas apie vaiką, kuris liko su Abe. Tikėjosi, kad mirusi moteris ir dingusi motina nėra tas pats asmuo, bet nuojauta jam sakė ką kita.

SKYRIUS 20

TEISINIS EAGLE

Ebė atsikėlė ir išėjo iš namų anksčiau, nei pabudo kiti. Po pokalbio su Ela jis susitarė dėl susitikimo su savo senu draugu, taip pat jų advokatu Travisu Andersu.

„Norėčiau, kad eitum į priekį ir parengtum dokumentus. Kai Bendžaminui sukaks dvidešimt vieneri, jis paveldės namą ir parduotuvę".

„Oho, sulėtink tempą. O kaip dėl Elos?" Travisas paklausė.

„Mes galime jam padėti parduotuvėje, kai reikės. Bet jis turės paskatą pasitempti, labiau įsitraukti, nes vieną dieną tai bus jo".

„Elė irgi turi būti čia. Namas ir parduotuvė yra jūsų abiejų vardu".

„Jeigu tu mums parengsi formas, aš atvesiu ją, kad jas pasirašytų. Mes jau aptarėme tai."

„Kam skubėti?"

„Skubos kaip tokios nėra. Tiesiog noriu, kad kamuolys pradėtų judėti. Kiek laiko užtruks, kol viską parengsite?"

„Duok man savaitę", - pasakė Andersas. „Tada turi grįžti su El. Ar jau aptarėte tai su Benjaminu?"

„Dar ne. Noriu pamatyti, kaip tai atrodo ant popieriaus. Kaip viskas dera tarpusavyje, prieš jį įtraukdami".

„Mielai paimsiu tavo pinigus, Abė, bet jei aš parengsiu dokumentus, o jis atsisakys, vis tiek turėsi sumokėti mano honorarą."

„Suprantu. Nenorėčiau, kad būtų kitaip."

„Gerai, Abe. Palik tai man. Susisieksiu su tavimi, kai jis bus paruoštas, ir galėsi atvežti El." Jis suabejojo.

„Per tą laiką norėčiau tai aptarti su Benjaminu, net jei tai hipotetinė situacija".

„Kai pasirašysi, tai bus oficialu?" Abė paklausė. „O jei persigalvosime?" "O jei persigalvosime?

„Įtrauksiu kodicilą. Tam atvejui, jei ateityje nuspręstumėte atšaukti pasiūlymą".

„Ačiū, Travisai."

„O ir jūs teisiškai nesate įpareigoti atskleisti kodicilo berniukui, nebent nuspręsite. Be to, kai atnešime jam pasirašyti dokumentus, turėtų dalyvauti jo paties advokatas. Jei jis negali sau to leisti, pasiūlyk jam kreiptis pagalbos į teisinę pagalbą. Apie tai galime pasikalbėti, kai susitiksime, galiu jį papildyti arba rekomenduoti kitą advokatą. Prieš pasirašydami turėsime jam duoti šiek tiek laiko".

„Bendžaminas mums kaip sūnus, - atsistojo Abė, - ir aš noriu, kad jam būtų lengviau."

„Palauk, Abė, prašau atsisėsti, - pasakė Travisas. „Aš esu jūsų advokatas, bet negaliu atstovauti jums abiem. Tai dėl jo paties apsaugos, kad jis gautų kitą advokatą, o ne mane".

„Mes pažįstami dvidešimt penkerius metus, - pasakė Abė. „Aš jumis pasitikiu. Berniukas negali sau leisti kito advokato. Man atrodo juokinga mokėti kam nors kitam, kai pasitikiu tavimi".

„Viską jam paaiškinsiu vienas prieš vieną, kad jis viską suprastų ir galėtų užduoti klausimus nedalyvaujant nei tau, nei tavo žmonai. Kodicilas yra dėl tavo ir Elos ramybės. Tai nėra berniuko atspindys, tai teisės klausimas. Viską įforminti raštu - tai visų dalyvaujančiųjų apsauga".

„Vertinu tavo patarimą, - tarė Abė. Jis padarė pauzę.

„Tai man primena, kad aną vakarą žiūrėjau „Matloko" pakartojimus".

„Kažkada mėgau tą serialą", - pasakė Travisas. „Prašau tęsti."

„Na, tame epizode jie bandė priversti sutuoktinę liudyti prieš savo vyrą. Kilo chaosas, bet Matlokas jį išvijo iš teismo".

„Ak, tas Matlokas. Nuo to laiko taisyklės pasikeitė. Šiandien Kanadoje žmona gali būti iškviesta liudyti, bet ji neprivalo nieko atskleisti. Ne, jei tai įvyko jiems gyvenant santuokoje. Tai vadinama santuokine privilegija, Kanados įrodymų įstatymo 4 skirsnis".

„Iš tiesų įdomu, - pasakė Abė. „Kaip tai veikia su vaikais? Ar galima priversti tėvus liudyti prieš vaiką, ar atvirkščiai?"

„Per daugelį metų dėl to būta daug diskusijų".

„O ką sako įstatymas?"

Travisas priėjo prie savo knygų lentynos ir vartydavo, kol rasdavo, ko ieškojo. „Tai pagrindinė vaiko teisė būti išklausytam bet kokio precedento atveju. Tai 12 straipsnis iš Jungtinių Tautų vaiko teisių konvencijos. Ratifikuota 1991 m." Jis užvertė knygą ir padėjo ją į šalį. „Ar yra kitų klausimų?"

„Ne, ačiū, kad skyrėte laiko". Abė atsistojo ir ištiesė ranką.

„Aš su jumis susisieksiu", - pasakė Travisas.

Abė nuėjo namo. Turėti žmogų, kuris galėtų pasirūpinti žmona jam išvykus, jam buvo svarbiausias prioritetas. Jau beveik namuose jis svarstė, ar seržantas Mileris turi kokių nors naujienų. Esant tokiai situacijai, jokios naujienos buvo geros naujienos. Pagaliau grįžęs namo, jis įėjo į vidų.

SKYRIUS 21

SGT. MILLER POLICIJOS NUOVADOJE

Seržantas Mileris stebėjo, kaip vyrai ir moterys su antrankiais įžengė į nuovadą. Jis pasijuto tarsi atsidūręs blogos realybės programos viduryje.

„Ar tai buvo vakarėlis?" - paklausė jis areštuojančio pareigūno.

„Taip, gatvės vakarėlis rytinėje pusėje. Visur narkotikai ir alkoholis."

Jam į akis krito moteris, kai jis pasirašinėjo formą. Ji buvo šviesiaplaukė, su pastebimai per trumpu sijonu ir per daug makiažo. Ji papūtė jam bučinį. Jis atsuko jai nugarą. *Geriau jau lavonas nei tokia motina.*

Jis susimąstė, ar bet kokia motina geriau nei jokios motinos. Tai buvo panašu į klausimą, jei miške nukrenta medis, ar kas nors girdi? Teoriškai teisingų atsakymų nebuvo, bet iš tikrųjų - jokia motina neturėjo būti geresnė už kelias, su kuriomis jam teko susidurti.

Jis grįžo į savo kabinetą kaip tik tuo metu, kai gavo moters ant plokštės atspaudų skenavimo rezultatus. Žinoma, ji buvo duomenų bazėje, tačiau ne visada buvo vietinė. Ji buvo iš Kvebeko. Jam buvo įdomu, ką ji veikė mieste. Jis toliau ieškojo informacijos ir rado pranešimą apie dingusį asmenį. Taip, tai buvo moteris ant plokštės. Jis peržvelgė bylą ir patikrino jos praeitį. Tada paskambino vienam iš savo draugų Monrealyje. Vienam iš vaikinų, kuris neprieštaravo pokalbiams anglų kalba, - ir papasakojo jam detales.

„Ką tik rastas moters kūnas, remiantis per jūsų biurą pateiktu pranešimu apie dingusį asmenį, tai Marie Levesque, - pasakė Mileris.

Kitame gale stojo tyla, kol biuras LaPlante'as paklausė: „Mirties priežastis?".

„Jai buvo perpjauta gerklė, bet kol kas nenustatyta, ar tai buvo mirties priežastis".

„Aš jam pranešiu. Jis bendradarbiauja su Ontarijo provincijos policija".

„Jis vietinis pareigūnas? Galiu su juo susisiekti, jei pageidaujate. Pasakykite jam viską, ką jis nori žinoti, ir kur atvykti atpažinti kūno. Galiu būti kartu su juo, jei jis to nori. Jei jis čia neturi šeimos."

„Ji buvo viskas, ką jis turėjo, - LaPlantės balsas suvirpėjo. „Jis dirbo prisidengdamas."

Mileris suabejojo. „Ar ši žmogžudystė galėjo būti kaip nors susijusi su jo tyrimais? Ar jo priedanga buvo išardyta?"

„Nežinau. Paleisiu jį čia ant stiebo. Išsiaiškinsiu, ką galiu, o tu padaryk tą patį iš savo pusės. Turite ryšių OPP?"

„Žinoma, turiu, būsiu diskretiškas."

„Ačiū, Aleksai."

„Žinoma."

Mileris pakabino ragelį, bet telefoną laikė prispaudęs prie ausies. Jis patrynė smakrą toje vietoje, kur anksčiau buvo barzda. Jis pasiilgo tos barzdos, bet jo žmona tikrai ne.

Bent jau tai nebuvo mažosios Katie motina, bet tai vis tiek buvo žmogžudystė. Įsitraukus OPP, reikalai mieste gali tapti šiek tiek sudėtingesni. Jis surinko Ebės numerį ir palaukė, kol jis kelis kartus suskambėjo.

Labas, Abe, čia seržantas Mileris, čia Aleksas.“

„Sveiki.“

„Tik skambinu pasiteirauti, kaip sekasi Katie?“

„Taip, Katie puikiai įsikūrė“, - patvirtino Abė. „Kokių nors naujienų apie jos motiną?“

„Turime keletą užuominų, bet nieko tikro.“

„Ar galiu padėti?“

„Norėtume gauti daugiau informacijos apie ją, pavyzdžiui, jos pavardę.“

„Ji yra Walker, tai sužinojau iš pokalbio su vienu iš jos kaimynų.“

Jis atsisėdo. „Kada?“

„Šeštadienį. Kol El nusivedė ją apsipirkti būtiniausių daiktų, o aš nuėjau kartu pasižiūrėti“.

„Spėju, kad ponios Volker nebuvo namie?“

„Jokių jos ar kieno nors kito ženklų. Pasikalbėjau su kaimynais“.

„Ar apsimetėte vienu iš mūsų, turiu omenyje, policininku?“

„Aš? Nemanau, kad galėčiau tai padaryti, esu per mažas", - pasakė Abė. Abu nusijuokė. „Nesijaudink, buvau santūrus".

„Ar nori kuo nors tinkamu pasidalyti?"

„Eee, na, daug vyrų. Viena kaimynė sakė, kad namas tarsi su besisukančiomis durimis. Sakė, kad apie motiną kalbėjo visa gatvė - ir ne gerąja prasme."

„Įdomu. Ar pajutote priešiškumą ar ką nors panašaus į motyvą?"

„Ne, visai ne. Ji smalsi ir nuobodžiaujanti - bet vargu ar žudikė. Moteris, su kuria praleidau daugiausiai laiko, mėgo Katie. Ji matė, kaip jie išėjo iš namų. Stebėjosi, kodėl ji į mokyklą atsinešė savo lėlę. Ji niekada nematė jų grįžtančių namo. Mano vertinimu, ši moteris žino viską, kas vyksta, gatvėje su visais bendrauja".

„Gerai, Abe, ačiū, kad mane informavai. Tačiau dabar nesirodyk toje vietovėje, tyrimą palik mums".

„Ech, jei jūs su pareigūnais vykstate prie namo, jei galėčiau, norėčiau vykti kartu su jumis".

Mileris giliai girdimai įkvėpė. „Tai nestandartinė procedūra, kad su savimi pasiimčiau civilį, o gauti orderį užtruks. Tikriausiai teks išlaužti duris".

„Aš vis tiek norėčiau ten būti. Pažadu netrukdyti - ir kaimynai mane matė, pažįsta".

„Kadangi tai tu, manau, galiu padaryti išimtį, jei pažadėsi likti automobilyje, kol pasakysiu kitaip. Aš tau paskambinsiu, kai tik pateiksiu prašymą išduoti orderį ir iškviesti komandą. Jei būsite pasiruošęs, galėsite prisijungti prie mūsų. Jei ne, į Valkerių rezidenciją keliausime be jūsų. Aišku?"

„Šimtu procentų, - atsakė Abė ir nusišypsojo į telefono ragelį. Jis pakabino ragelį, tada atsisuko į žmoną, kuri buvo užsiėmusi Katie plaukų šukavimu: „Gali tekti išeiti, kai tik suskambės telefonas."

„Ar tai kaip nors susiję su Katie?" Benjaminas paklausė. Jis žiūrėjo televizorių.

Abė priėjo prie jo arčiau ir sušnabždėjo: - Tai buvo seržantas Mileris. Jie neturi jokių konkrečių naujienų".

„Ar galiu eiti kartu?" Benjaminas paklausė.

„Nereikia, bet ačiū", - pasakė Abė. Jis nuleido balsą iki šnabždesio: - Seržantas Mileris nenorėjo, kad eičiau kartu, bet aš primygtinai prašiau. Tarp mūsų dviejų, mes ketiname ištirti jos namus".

„Gerai, praneškite man, ką rasite, Tuo tarpu aš tvarkysiu reikalus čia. Galbūt išvesiu Katie pakvėpuoti grynu oru". Benjaminas atsistojo ir paklausė: „Ar kas nors nori pasivaikščioti?"

„Aš!" Katie sušuko.

„Aš irgi!" El pasakė.

Jie išėjo, o Abė sėdėjo prie telefono ir laukė seržanto Milerio skambučio.

SKYRIUS 22

DAIKTŲ TIKRINIMAS

Milleris informavo policijos viršininką apie Katie situaciją. Laukdamas kratos orderio, jis suorganizavo du jį lydinčius pareigūnus. Jis paskambino Abe'ui: „Po dešimties minučių būsime pas tave, ar esi pasiruošęs eiti?"

„Dešimt keturios", - atsakė Abė.

Pareigūnai šmurkštelėjo Mileriui už nugaros.

„Jis geras žmogus", - pasakė Mileris, spausdamas gazo pedalą iki grindų.

Abė nepaprastai džiaugėsi galėdamas dalyvauti akcijoje. Jis šypsojosi, kai kreiseris privažiavo prie namo. Mileris išlipo ir padavė jam neperšaunamą liemenę, kurią jis užsivilko po marškiniais.

Tai darydamas Mileris supažindino jį su pareigūnais Belago ir Rippon. Jis paspaudė jiems rankas. Jis norėjo, kad jie žinotų, jog Abė Džulijus nebuvo pusseserė.

Abė pajudėjo eiti į galinę sėdynę, bet abu pareigūnai užleido vietą, kad jis galėtų įsėsti į priekį. „Ir ne, tu negali žaisti su sirena, - pasakė Mileris. Pareigūnai nusišypsojo.

Mileris šiek tiek vedžiojo koją, ir vienas pareigūnas, sėdintis gale, taip pasakė. Jis nusijuokė. „Aš vis tiek esu jūsų viršininkas, net ir su civiliu ant priekinės sėdynės. Prie namo įeisime visi trys. Abe, kaip sutarta, jūs liksite automobilyje".

„Taip, suprantu, bet praneškite man, jei prireiks mano pagalbos".

„Taip." Tada žvilgtelėjęs į galinio vaizdo veidrodėlį: „Kai būsime berniukuose, greitai apsižvalgysime. Kaip įprasta, užsimaukite pirštines ir nepamirškite nieko neliesti ir nejudinti.

„Kaip aptarėme, praverstų motinos ir dukters nuotrauka. Taip pat ieškokite tokios, kurioje būtų tėvas".

Abė persikreipė ant sėdynės. Jis mielai pasinaudotų galimybe išgerti dar vieną puodelį arbatos ir pabendrauti su smalsia kaimyne.

„Kai įeisime, paliksiu įjungtą radiją, kad galėtum pasiklausyti kokių nors melodijų".

Jie sustojo užkimštoje sankryžoje. Eismą blokavo kelių transporto priemonių spūstis. Mileris įjungė raudoną šviesą su sirena ir, paklausęs, ar visiems viskas gerai, atlaisvino kelią.

„Ar leisite man kada nors pasiskolinti?" Abė paklausė nuleisdamas langą.

Visi nusijuokė, kai Mileris atsakė: „Jokiu būdu".

„Mes čia, - pasakė pareigūnas Belago.

Mileris padidino radijo imtuvo garsą. „Viskas paruošta, Abe. Tu pasilik čia ir sėdėk ramiai".

„Aš saugosiu automobilį", - pasakė Abė.

Seržantas Mileris užsimovė pirštines. „Važiuojam, berniukai".

Seržantas Mileris pirmiausia pasibeldė į duris, tada paskambino į jas, o pareigūnai Rippon ir Belago atidžiai stebėjo. Kai niekas neatsiliepė, Ripponas apėjo dešinę namo pusę, o Belago - kitą. Po kelių akimirkų jie grįžo.

„Viskas švaru", - pasakė Belago.

„Viskas aišku, viršininke."

„Gerai, pažiūrėkime, ar galime patekti į vidų neišlaužę durų", - pasakė Mileris.

Belago iš automobilio bagažinės ištraukė įrankius. Jie akimirksniu išlaužė spyną.

Mileris įkišo galvą į vidų ir sušuko: „Sveiki? Ar yra kas nors namie?"

Nieko neišgirdę, jie, pasiruošę ginklus, įėjo į vidų. Vienintelis garsas buvo šaldytuvo burzgimas. Atidaręs duris Mileris pamatė, kad šaldytuve yra maisto produktų, prieskonių ir keli buteliai vyno be kamštelių.

„Neatrodo kaip kažkas, kas planavo kelionę", - numanė jis.

Belago ir Rippon ištyrinėjo pirmąjį aukštą.

„Viskas švaru ir saugu", - pranešė Belago.

Svetainėje ant židinio židinio atbrailos puikavosi šeimos nuotraukos. „Paimk šitą", - pasakė Mileris, rodydamas į mažos mergaitės ir vyro nuotrauką. Abė neminėjo tėvo. Tiesą sakant, kaimynė buvo sakiusi, kad Abė namuose sukasi vyrai. Kas tada buvo tas vaikinas nuotraukoje su Katie? Peržiūrėjęs visas eksponuojamas nuotraukas jis nustebo, kad nėra motinos ir dukters nuotraukų.

Pareigūnai nusekė paskui Milerį girgždančiais kilimu išklotais laiptais.

„Sveiki, policija!" Mileris sušuko, ginklą nukreipęs į priekį ir pasiruošęs viskam. Bet kam, išskyrus tai, kas užpuolė jo nosį. Nepamirštamas mirties kvapas.

Pareigūnai nevalingai užčiaupė burną, nes jie toliau kopė į laiptų viršų. Dabar ant laiptų aikštelės smarvė buvo nepakeliama.

Priešingai nei smarvė, pirmasis kambarys dešinėje buvo vaiko kambarys, visas išdažytas rožine spalva, su raukiniais ant lovos ir gėlėtais tapetais.

Jiems einant toliau, smarvė vis stiprėjo, o akys prisipildė vandens: „Tai neatrodo gerai, šefe", - tarė Belago, paskui sulaikė kvėpavimą.

„Čia irgi nekvepia gerai, - atsakė Mileris, eidamas toliau link kambario koridoriaus gale.

Paaiškėjo, kad tai pagrindinis miegamasis, kurio durys stovėjo plačiai atvertos, o viduje, lovoje, gulėjo negyvas vyras.

Ir tai buvo ne šiaip koks negyvėlis. Tai buvo tas vyras, kurį jie ką tik matė apačioje, nuotraukoje ant židinio atbrailos su maža mergaite.

Jis buvo po antklode, bet liemuo ir apatinė kūno dalis atrodė keistai, tiksliau, buvo keistai sulygiuoti. Tiesus, bet ne tiesus. Jis atmetė antklodę.

„Jėzau, - tarė pareigūnas Belago, stebėdamas, kad vyras sėdi šalia savęs.

„Kodėl dabar kas nors šitaip pasodintų žmogų po to, kai jį perpjovė per pusę?" Mileris paklausė.

„Čia nėra jokio kraujo, - pastebėjo Rippon, - ir jokių kruvinų pėdsakų".

Iš abiejų liemens pusių driekėsi mėsingi čiuptuvai.

„Prasidėjo rigor mortis, tai paaiškina padėtį - šiek tiek", - pasakė Mileris. „Aš jį iškviesiu, o jūs du patikrinkite, ar nėra ginklo". Tada jis vėl kalbėjo į telefoną.

„Taip, čia seržantas Mileris. Mums čia reikia visos kriminalistų komandos. Ir atsarginių, kad apsaugotų teritoriją. Taip pat koronerio, greitosios pagalbos automobilio, vieno kūno maišo. O ir pasakykite, kad nenaudotų sirenų - nenorime, kad visa apylinkė išeitų pasižiūrėti spektaklio. Taip, dešimt keturi."

„Šefe, kažką radome, - paskambino Belago iš koridoriaus apačios.

Vonios kambaryje tvyrojo kruvina netvarka. Vonioje: grandininis pjūklas. Ant jo buvo užpilta baliklio, kad užmaskuotų viso kraujo kvapą.

„Čia jis tikrai buvo supjaustytas, - pasakė Ripponas, užsidengdamas nosį rankos nugarėle.

„Baliklis, kraujas ir oro gaiviklis - mirtinas derinys", - pasakė Mileris, kovodamas su atodūsiu.

Jis dar kartą paskambino: „Pasakykite teismo medicinos ekspertų komandai, kad atvyktų su visa ekipuote". Tada pareigūnams: „Pažiūrėkime, kokius įrodymus galime surinkti, kol atvyks kiti".

„O kaip dėl jūsų draugo automobilyje?"

„Jis liks vietoje, kol jam nepasakysiu kitaip."

„Ne iš smalsiųjų?" Belago paklausė.

„Jis smalsus, bet žino, kada reikia nubrėžti ribą."

SKYRIUS 23

KŪNAS

Jie grįžo į kambarį su kūnu, kai suskambo Milerio telefonas. Tai buvo policijos viršininkas, kuris prašė daugiau informacijos apie nužudytąjį. „Jis negyvas jau porą dienų, trisdešimtmetis, vyras, baltaodis".

„Ar žinote, kaip jis mirė?"

„Taip. Vonios kambaryje radome pjūklą. Jis ten buvo išpjautas, paskui dviem dalimis perkeltas į lovą. Jie daug vargo, kad pirmiausia nusausintų kūną, o segmentus padėtų po užklotu ant lovos. Jis tarsi sėdėjo šalia savęs".

„Panašu, kad kažkas turėjo keistą humoro jausmą."

„Čia gyvena motina su vaiku. Šis vyrukas buvo nuotraukoje ant židinio atbrailos su mažąja Katie. Neįsivaizduoju, kaip moteris galėjo tai padaryti, be pagalbos".

„Panašu, kad tai bent jau dviejų žmonių darbas. Papildyk mane, kai grįši į stotį".

„Padarysiu", - pasakė Mileris ir atsijungė.

„Seržante, - sušnabždėjo Ripponas, - šitas vaikinas atrodo kažkoks pažįstamas".

„Jis buvo nuotraukoje apačioje."

Mileris nusijuokė. „Sutinku, jis tikrai panašus į žmogų. Gal jis iš kokios nors garsios šeimos?"

„Sveiki!" - pasigirdo moteriškas balsas iš apačios.

„Jėzau, kas tai?" paklausė Mileris, išeidamas į laiptų viršų.

Moteris fojė atitiko „įkyrios kaimynės", su kuria, kaip sakė Abė, kalbėjosi, apibūdinimą. Jis pasilenkė per turėklą.

„Prašom nedelsiant palikti patalpas".

Ji nejudėjo, tarsi jos kojos būtų užcementuotos. Ji ėmė bambėti: „Taip jaudinasi dėl tos mažos mergaitės, vargšelė".

Jis ėmė leistis laiptais žemyn: „Jums reikia eiti".

Ji pašoko.

„Ačiū už jūsų, hm, rūpestį, bet mums reikia, kad eitumėte, dabar". Jis išvedė ją iš namo ir išvedė ant priekinės vejos. Jis žvilgtelėjo į Abą, svarstydamas, kodėl šis nesustabdė jos eiti į vidų, tada prisiminė, kad senajam draugui davė konkrečius nurodymus likti prie automobilio, kad ir kas nutiktų.

Mileris grįžo į namo vidų ir užrakino už savęs priekines duris. Jis nusileido žemyn, kai atvyko kriminalistų komanda ir kiti, ir įsileido juos, o ne rizikavo, kad kas nors iš kaimynų gali įeiti į vidų.

Džudė Smit šniurkštelėjo į nosinaitę ant priekinės vejos, tada pastebėjo Abe'ą kruiziniame automobilyje. Ji jam pamojavo, o jis jai atšovė.

Tada ji persikėlė per gatvę į savo namo kiemą ir stovėjo susigūžusi.

Neilgai trukus kelios transporto priemonės užpildė važiuojamąją dalį ir išsirikiavo gatvėse.

„Nieko čia nematyti", - pasakė vienas jų Džudei Smit.

Abė stebėjo viską, kas vyko aplinkui, trokšdamas sužinoti, kas vyksta. Ką jie rado viduje? Ar Kati motina buvo mirusi? Jie kažkam atvežė neštuvus. Galbūt ji buvo sužeista? O Džudė Smit įėjo tiesiai į namą, drąsi kaip žalvaris. Jei tik galėtų išeiti ir užduoti klausimus.

Jis toliau stebėjo, kaip jie aptveria teritoriją geltona juosta, kurią buvo matęs tik per televiziją. O į vidų įžengusi žmonių komanda su kaukėmis ir pirštinėmis - tai buvo teismo medicinos ekspertai. Juos jis taip pat buvo matęs per televiziją.

Jausdamasis kaip agrastas, jis apsidžiaugė, kai Mileris vėl grįžo į automobilį.

Jie važiavo toliau - per visą kelionę Mileris neištarė nė žodžio. Net atsisveikinimo, kai Abė išlipo iš automobilio.

$$* * *$$

Grįždamas į Valkerių namus Mileris peržvelgė, ką žinojo. Jis buvo dėkingas, kad Abė neapipylė jo klausimais.

Pastatęs automobilį gatvėje prie namo, jis išlipo iš automobilio. Pastebėjo užuolaidų posūkį, pagalvojo, ar čia gyvena smalsus kaimynas. Jis pasibeldė į lauko duris ir mirktelėjo ženkliuku.

„Seržantas Mileris, - pasakė jis. „Atsiprašau dėl ankstesnio įvykio, bet civiliams draudžiama lankytis, hm, nusikaltimo vietoje".

„Suprantu, - tarė ji. Paskui pasilenkė arčiau: „Niekada nepraleidžiu CSI epizodo ir esu perskaičiusi visus Agatos Kristi romanus."

Jis nusišypsojo. „Gal galėčiau užduoti jums keletą klausimų?"

„Ne, mielai padėsiu. Visą laiką būnu namuose, turiu judėjimo problemų. Įeikite ir prisėskite." Jis nusekė paskui ją į svetainę. Jos kėdė buvo pusiau nukreipta į televizoriaus pusę, pusiau - į gatvės pusę. Kambaryje tvyrojo silpnas cigarečių ir „VapoRub" kvapas. Stambi moteris ne atsisėdo ant kėdės, o nukrito.

Mileris leido jai įsitaisyti, tada paklausė: „Kada paskutinį kartą matėte, kad kas nors ateitų ar išeitų iš namo kitoje gatvės pusėje?"

Ji sudėjo rankas ir padėjo jas ant kelių. „Penktadienio rytą išėjo maža mergaitė ir jos motina, vėliau nei įprastai."

„Jos vardas Katie, ar ne? O jos motina yra Dženifer?"

„Taip, teisingai. Ir jos vilkėjo tą lėlę".

„Dar kas nors apie ponią Walker? Girdėjome, kad ji grįžo į namus, kai išėjo, bet be vaiko".

„To nemačiau." Ji sustojo. „O, pagalvokite, aš greitai nusiprausiau". Ji suabejojo, tada pasilenkė arčiau ir sušnabždėjo: „Nesu iš tų, kurie pasakoja pasakas, bet vieną dalyką apie ponią Volker tą rytą pastebėjau - ji dėvėjo peruką. Pagalvojau, kur, po velnių, ta moteris eina su savo maža mergaite, apsiavusia tais blizgančiais sandalais ir nešančia lėlę mokyklos dieną? Pagalvojau, kad gal ji pasiėmė ją parodyti ir papasakoti, bet tai skirta tik mažesniems vaikams". Ji suabejojo.

Ji žvilgtelėjo pro langą, nes pro šalį pravažiavo automobilis, tada tęsė. „O ji visa taip pasipuošusi ir su peruku? Kodėl visa tai neturėjo jokios prasmės. O aš galvojau apie tą vargšę mažą mergaitę.

„Gyvenau šioje gatvėje visą savo suaugusiojo gyvenimą, mačiau daugybę keistų dalykų. Man prireiktų daug laiko, kad galėčiau jums viską papasakoti". Ji giliai įkvėpė. „Bet tavęs visa tai nedomina, tave domina vaikštynės. Pasakysiu tik tiek, kad tą rytą pirmą ir tikriausiai paskutinį kartą mačiau tokią neįprastą trijulę, einančią mūsų gatve.“

„Perukas, a?“ Tai buvo nauja informacija. Jis išsitraukė rašiklį ir popierių.

„"Taip, tai buvo keista. Be peruko, Katie avėjo mokyklai netinkamus sandalus. Kodėl, kai mano berniukai ėjo į mokyklą, tokie sandalai nebūtų buvę leidžiami. Buvo taisyklės, kurių reikėjo laikytis. Viskas keičiasi, visada į blogąją pusę.“ Ji atsiduso. „Be to, tas vaikas stengėsi neatsilikti, o jie tik ką buvo išėję iš namų ir ji turėjo tą lėlę.“

„O kaip dėl dienos prieš tai, ar ką nors matėte ar girdėjote?“ Jis pažinojo jos tipą. Abė buvo teisus. Džudi Smit neturėjo nieko geresnio, kaip kišti nosį į kitų reikalus. Tai nebuvo ta savybė, kurios jis ieškojo draugui ar kaimynui, bet šiuo atveju ji galėjo tapti vienintele jo užuomina.

Ji apie tai pagalvojo. „Dieną prieš tai - nieko. Niekas nei atėjo, nei išėjo.“ Ji suabejojo. „Tačiau dieną prieš tai kažką prisimenu. Ar norėtumėte puodelio arbatos?“ Ji šiek tiek pasisuko kūnu, kad pamatytų pro šalį einantį katiną.

„Ne, ačiū“, - pasakė jis. „Prašau tęsti.“

„Ketvirtadienį buvau lauke ir sūnui nešiojau sliekus“.

Jis pakėlė akis nuo užrašų knygelės.

„Mano sūnus laisvadieniais žvejoja. Gydytojas sako, kad viskas gerai, kad aš renku sliekus“.

Jis linktelėjo galva. „Tik faktus, prašau.“ Jis taip norėjo, kad ji pereitų prie esmės.

„Girdėjau šauksmus ir pakeltus balsus".

Jis atsisėdo, dabar vėl susidomėjęs. „Moters? Vaiko?"

„Taip, moters. Ir vyras."

Jis paliepė jai tęsti.

„Baigiau rinkti kirminus ir viskas nutilo. Grįžau į vidų."

„Ar žinote, kas buvo tas vyras ir kada jis atvyko?"

Ji sumirksėjo. „Vyrai ateidavo ir išeidavo iš to namo. Man reikėtų išsamaus sąrašo, kad galėčiau sekti." Ji paėmė į rankas popierinį romaną ir vėduoklę. „O aš prisimenu dar kai ką. Tai tiesiog atėjo man į galvą. Penktadienį apie vidurdienį, kai grįžo - ponia Volker, laukė automobilis. Ji įleido jį į garažą".

„Tai kas nutiko?"

„Aš užmigau. Kartais miegu čia, savo kėdėje. Bet girdėjau jį, aiškiai - dunksintį garsą. Kaip vejapjovė, ar."

„Pjūklas?"

„Galėjo būti pjūklas."

„O, - tarė jis. „Ar matėte išvažiuojantį automobilį?"

„Ne." Priekinės durys prasivėrė, paskui užsitrenkė. „Čarli?" - sušuko ji. Čarlis buvo jos sūnus taksi vairuotojas, todėl po prisistatymo ji supažindino jį su pokalbiu.

„Penktadienio popietę grįžau namo pietauti", - pasakė jis. „Mama buvo užsnūdusi ant kėdės, bet garsas ją pažadino. Išgirdau jį eidamas nuo automobilio. Man tikrai skambėjo kaip elektrinis pjūklas".

„Jūs abu esate tikri dėl laiko?"

Jie linktelėjo galva.

Viršuje Mileris išgirdo, kaip kėdė trakštelėjo į grindis. „Ar dar kas nors yra namuose?"

Pirmą kartą moteris atrodė susinervinusi ir kalbėdama skėstelėjo rankomis. „Taip, tai kitas mano sūnus. Aš tuoj atsikelsiu!" - šaukė ji, nebandydama atsistoti.

Namuose pasigirdo garsas, panašus į sužeisto gyvūno. Po dviejų bandymų ji atsistojo ant kojų. „Jie sako, kad jam negerai su galva, bet jis vis tiek mano sūnus".

„Viskas gerai, mama, - pasakė Čarlis ir patapšnojo jai per ranką, kai ėjo pro šalį.

„Norėčiau su juo susipažinti, - pasakė Mileris.

„Žinoma, kad taip - lipk į viršų", - pasakė Džudė ir, laikydamasi už turėklų abiejose pusėse, užlipo ant pirmųjų laiptų. Mileris ėjo iš paskos. Pasiekusi laiptų viršų, prieš įeidama į vidų ji švelniai pasibeldė. „Turime čia svečią, kuris nori tave pamatyti, mielasis, jis policininkas".

Mileris stumtelėjo vidun ir ištiesė ranką vyrui - šis neatsisveikino. Vietoj to jis sėdėjo dešinės rankos pirštais prispaudęs nedidelio nešiojamojo kompiuterio klaviatūrą. Vyras žvelgė pro langą, nes pro šalį važiavo automobilis, ir spustelėjo klaviatūrą.

Jis perėjo per kambarį, kad atidžiau pažvelgtų. Vyras įvedinėjo lauke stovėjusio kreiserio valstybinį numerį. Ne tik to kreiserio, bet ir kiekvienos jam matomos transporto priemonės. „Jus domina transporto priemonės ar valstybiniai numeriai?" - paklausė jis.

„Ne, ne, ne, neeeee!" - sušuko jis, abiem kumščiais daužydamas sau per galvos šonus.

„Džeraldai, dabar tu liaukis!" - pasakė mama, sugriebdama abu jo kumščius, o kai jis nusiramino, paleisdama juos pabučiavo jam į kaktą. „Tas malonus vyras tik rodė susidomėjimą tavo darbu".

Džeraldas bakstelėjo į klaviatūrą.

„Mes jau einame, daugiau nebūk nemandagus ir nedaryk mamai gėdos. Ir toliau puikiai dirbk". Ji uždarė už jų duris. Ant laiptų ji pasakė: „Jis turi problemų".

„Argi ne mes visi, - atsakė Mileris. Dabar, grįžus į svetainę, Čarlio jau nebebuvo.

Jis palaukė, kol ji atsisės, ir tik tada atsisėdo pats. „Tai, ką jis darė, pavadinote darbu, ką turėjote omenyje?"

„Ar kada nors girdėjote terminą heksakosioihheksekontaheksafobija arba triskaidekafobija?" - paklausė ji.

„Bijau, kad ne. Bet fobija išsiskiria. Jis turi fobijų, dėl ko?" "Dėl ko?

„Jis bijo tokių skaičių kaip šešiasdešimt šeši ir trylika. Nėra jokio rišlumo ar priežasties, kodėl. Kai jis susitiko su psichiatre, ji pasiūlė jam užsirašyti raides ar skaičius. Jis užsirašinėja automobilių numerius, juos jam lengviausia matyti, nes didžiąją laiko dalį jis būna savo kambaryje."

„Mums gali būti naudinga, kad pamatytume, ką jis yra užsirašęs. Kiek laiko jis tai daro?"

„Metus, ir taip, jei tai padėtų, tai būtų galima suorganizuoti."

„Nežinau, ar žinote, bet Dženifer Walker dingo. Bet kokia informacija apie atvykimus ir išvykimus būtų naudinga".

Jis padavė jai savo vizitinę kortelę. „Čia yra mano elektroninio pašto adresas. Jei galite atsiųsti man bylą, ji neturi būti sutvarkyta ar graži. Leisiu savo žmonėms ją peržiūrėti ir pažiūrėti, ar yra kas nors, kuo galėtume pasinaudoti."

Ji palydėjo jį iki durų ir atsisveikindama mostelėjo ranka. Jam išeinant Mileris pamatė, kaip viršuje šiek tiek prasiskleidė užuolaidos, paskui vėl užsitraukė.

Tas jaunuolis viršuje turėjo informacijos lobį. Galbūt turėjo visų kada nors į gatvę atvažiavusių transporto priemonių valstybinių numerių įrašus.

Jam buvo įdomu, ar kaimynai žinojo, kad jų ir jų svečių transporto priemonės buvo žymimos. Jis nusišypsojo. Jei jie žinotų, jiems tai tikrai nepatiktų - ir tai tikriausiai prieštarautų visiems egzistuojantiems privatumo įstatymams. Vis dėlto jam reikėjo išaiškinti žmogžudystę ir surasti dingusią moterį - ir jis pasinaudos bet kokiomis priemonėmis, kad surastų pagrindinę jos priežastį.

Važiuodamas atgal į stotį, jis pagalvojo, kaip lengvai Abė galėjo surasti įkyrų kaimyną. Jis turėjo gerą nuojautą ir greitai ją užčiuopė, o kaimynystėje lankėsi pirmą kartą. Teisingai įvertino, kad visi kaimynai žinojo apie Džudės Smit įprotį kišti nosį į jų gyvenimus. Ar todėl tas, kas supjaustė kūną, paliko jį po antklode, užuot pašalinęs?

Jis grįžo į stotį. Kad ir kaip stengėsi, iš šnervių negalėjo išvyti bjauraus mirties kvapo. Jis patikrino elektroninį paštą, iš Smitų moters dar nieko nebuvo gavęs.

Neturėdamas jokių žinučių ar naujos informacijos, kurią galėtų patikrinti, jis nuėjo į morgą. Jei ne kas kita, jis galėtų juos supažindinti su naujausia informacija - Dženifer Volker buvo su peruku. Dabar jam teks išplėsti akiratį.

Daugiau jis nelabai ką galėjo padaryti, kol jie teigiamai neidentifikavo mirusiojo. Jis troško prisiminti, kur jį matė. Atmintis buvo tiesiog nepasiekiama.

Vieną dalyką jis žinojo tvirtai, kad tas vyras buvo sumanęs ką nors negero.

SKYRIUS 24

ABE IR EL

Grįžęs namo Abė iš karto nuėjo į savo kabinetą. Jam reikėjo laiko pabūti vienam, kad viską, ką matė, galėtų apdoroti.

„Klaustukas, klaustukas", - pasakė įėjusi Elė. „Atrodai sutrikęs, mylimasis," - ji švelniai masažavo vyro petį.

„Tiesiog galvoju", - pasakė jis, tiesdamasis kėdėje. El toliau masažavo jo pečius, tada jos rankos persikėlė prie kaklo.

Kai pirštai ėmė skaudėti, ji paklausė: „Ar norėtum karštos arbatos?"

Abė atsistojo. „Norėčiau, bet aš pats jos atnešiu." Jis išėjo iš kabineto.

Elė nusekė jam iš paskos: „Kodėl aš tau jos nepadauginu? Man irgi tikrai praverstų puodelis arbatos".

„Ne, leisk man", - pasakė Abė, kai jie priartėjo prie virtuvės. El sekė jam iš paskos.

„Ar nustosi blaškytis!" Abė pasakė garsiau, nei tikėjosi.

„Ar viskas gerai?" Benjaminas paklausė.

Elė atsakė: „Viskas gerai. Mes sprendžiame, kas išvirs geresnį arbatos puodelį. Kol kas Abė mano, kad jis laimi. O dabar grįžk žiūrėti savo žaidimo".

Benjaminas ir Kati nuobodžiaudami išjungė televizorių ir ėmėsi žaisti šaškių partiją.

„Šį kartą neleisk man laimėti!" Katie pasakė.

„Niekada!" Benjaminas pasakė per virtuvėje skambantį puodelių ir lėkščių dunkstelėjimą ir trinktelėjimą.

Po kelių akimirkų El iškišo galvą į svetainę. „Kas laimėjo?" - paklausė ji.

"Shhh," Katie said. „Jis susikaupęs."

Benjaminas nusišypsojo.

„Lauke graži saulėta diena, manau, kad jūs abi turėtumėte išeiti į lauką ir pakvėpuoti grynu oru. O gal paspardyti kamuolį!"

„Tai protinga idėja. Eime!" Benjaminas pasakė.

„Jis taip sako tik todėl, kad aš laimiu!" Katie krūptelėjo ir nusekė paskui jį pro duris į galinį sodą.

Iš alkoholinių gėrimų spintelės to paties kambario kampe Elė į stiklinę įpylė šlakelį Abės mėgstamo penkiasdešimties metų senumo škotiško vyno. Ji įpylė šlakelį sodos. Nunešė jam.

„Pagalvojau, kad gal kas nors stipresnio galėtų nuraminti tavo nervus."

Jis nusišypsojo ir padėkojo, paliesdamas jos ranką. „Atsiprašau, El."

Ji pabučiavo jį į kaktą ir nuėjo prie virtuvės lango, pro kurį buvo matyti sodas. Elė nusijuokė ir netrukus prie jos prisijungė Abė. Kartu jie stebėjo sode bėgiojančius ir žaidžiančius du vaikus.

Abė išgėrė kelis gurkšnius ir atsipalaidavo, tikėdamasis, kad maiše su kūnais, kurį jis matė prie namų, nebuvo mirusios Kati motinos Dženiferos Volker lavono.

SKYRIUS 25

SGT. MILLER

Mileris atvyko į morgą ir trumpai pasikalbėjo su teismo medicinos patologijos skyriaus vadovu J. T. Pattersonu, kuris turėjo jį palikti, kad galėtų atlikti atpažinimą.

Po kelių akimirkų atvyko skrodimo technikai su kūno maišu iš Valkerių namų. Prie jo buvo pridėtas atpažinimo lapas ir konteineris su užrašu „Asmeniniai daiktai". Fotografas padarė nuotraukas, kai buvo nuimtas antspaudas. Tada kūnas buvo padėtas ant apžiūros stalo. Kol medikai išvyniojo kūną, Mileris laikėsi atokiau nuo jų.

Pattersonas vėl įėjo į kambarį ir patraukė jį į šalį. „OPP pareigūnas yra viršuje, apžiūros kambaryje. Jis ką tik atpažino savo žmonos kūną".

„Levesque?" Mileris paklausė.

„Taip, ar jūs jį pažįstate?"

„Ne, bet aš pranešiau apie kūną ir, remdamasis informacija, kurią pamačiau duomenų bazėje, pamaniau, kad tai ji."

„Ar galėtumėte su juo pasikalbėti? Iš viršaus galėsite matyti viską, kas vyksta čia apačioje. Praeis šiek tiek laiko, kol pradėsime skrodimą“.

„Žinoma.“

„Kai pradėsime, drąsiai užduokite klausimus. Mes galėsime jus išgirsti ir atsakyti, nors mūsų atsakymai gali būti ne iš karto. Mūsų prioritetas - žmogaus kūnas.“

„Ir teisingai, - pasakė Mileris. Tada jis išėjo iš kambario, pakeliui trumpam stabtelėdamas, kad iš automato pasiimtų puodelį karštos arbatos. Padavė jį Levekui, prisistatė, tada pasakė: „Man gaila jūsų žmonos“.

„Merci. Ji man buvo viskas, mon monde entier. Mūsų vaikai taip pat nesulaukė. Tai sudaužė jai širdį. Todėl ir persikėlėme čia, kad pakeistume aplinką ir pradėtume viską iš naujo“. Jis sulaikė verksmą ir gurkštelėjo karštos arbatos. „Gerai, - tarė jis.

„Man labai gaila.“

„Ačiū.“

Mileris ir Levekas sėdėjo vienas šalia kito, kai apačioje esantys darbuotojai ruošėsi pradėti skrodimą.

„Gal galime eiti kur nors kitur?“ Mileris paklausė.

„Ne, tai ne mano žmona. Man viskas gerai.“

Pattersonas grįžo į apačioje esantį skrodimo kambarį, apsirengęs švarko kostiumu, chirurgo ženklu, pirštinėmis ir aukštais juodais batais. Mileris ir Levekas stebėjo, kaip jis ima mėginius ir deda juos į konteinerius, kurie vėliau buvo, dedami į biologinės saugos spintas.

Kai paaiškėjo, kad jie jau baigia darbą, Mileris paklausė: „Ech, ką iki šiol žinote?"

„Ačiū, kad palaukėte", - pasakė Pattersonas. „Remiantis mėlynėmis aplink nosį ir burną bei krauju pasruvusiomis akimis, labai tikėtina mirtis nuo uždusimo. Tačiau turime palaukti, kol iš laboratorijos grįš kraujo mėginiai, kad tai patvirtintume."

„Vadinasi, jis jau buvo miręs, kol buvo perpjautas į dvi dalis?"

„Sakyčiau, kad taip, - patvirtino Pattersonas.

„Pažįstu šį žmogų", - pasakė Levekas, vos neišpylęs arbatos puodelio, kurį dabar pastatė ant atbrailos.

Mileris priėjo arčiau. „Kas jis toks? Aš irgi jį atpažįstu, kaip ir mano pareigūnai, bet nė vienas iš mūsų negalėjo prisiminti, kur jį matė."

„Jo vardas Markas Vileris. Tyrėme jo ir jo bendrininkų prekybą narkotikais. Jis yra milijardieriaus ir žiniasklaidos magnato F. D. Wheelerio sūnus".

Dabar Mileris prisiminė; ir tėvą, ir sūnų jis buvo sutikęs lėšų rinkimo renginiuose. „Ar jums ką nors sako Dženiferos Volker vardas?"

„Taip, ji buvo jo naujausia užkariautoja - šiek tiek iš šono. Kas jai nutiko?"

„Radome jį tokį jos namuose, o ji dingo".

„Ar ji yra įtariamoji?"

„Neabejotinai. Ir suprask, jo kūnas buvo perpjautas pjūklu per pusę. Padėtas lovoje, tarsi jis sėdėtų šalia savęs".

„Skamba kaip pareiškimas".

„Kieno pareiškimas? Ir kam?"

„To aš nežinau, - pasakė Levekas.

Mileris pridūrė. „Dženifer Volker turėjo mažą mergaitę; ar tai žinojote?"

„Ne, nežinojau. Ar ji irgi dingo?"

„Ne, ji saugi, bet motinos nėra nė ženklo. O tas namas buvo netvarkingas. Ji negali ten grįžti".

Levekas atsistojo. „Man gaila tai girdėti, bet jie laukia manęs laidojimo namuose. Jei sugalvosiu ką nors, kas galėtų padėti, pranešiu jums. Ačiū už gerus žodžius ir už puodelį arbatos". Jis išmetė tuščią puodelį į šiukšliadėžę ir išėjo iš kambario.

Patersonas, pamatęs išeinantį Leveką, tarė: „Paskambinsiu, kai ką nors tikrai žinosime. Nėra prasmės čia užsibūti. Praeis kelios dienos, kol laboratorija gaus vienų dalykų rezultatus, kitų - gal kelios valandos, jei mums pasiseks."

„Ačiū."

Mileris grįžo į stotį ir duomenų bazėje spustelėjo Marko Vilerio vardą. Apie jį buvo daugybė informacijos, tiek geros, tiek blogos. Daugiausia blogos, nes jis buvo įsitraukęs į narkotikų verslą. Popietę jis praleido pildydamas ataskaitas ir išsiuntė porą pareigūnų, kad šie praneštų artimiausiems giminaičiams.

Mileris buvo užsiėmęs stotyje, tikrino, kur jo reikia, kai po kelių valandų paskambino Pattersonas. „Ką tik gauti rezultatai: mirties priežastis - uždusimas. Buvau teisus - jis mirė, kai jį perpjovė pusiau".

SKYRIUS 26

NAMAI SALDŪS NAMAI

Buvo netoli vidurnakčio. Namuose buvo tylu, išskyrus vieną garsą - Abės basų kojų šlepsėjimą į kietmedžio grindis, kai jis vaikščiojo pirmyn ir atgal. Jis buvo beveik apsirengęs, išskyrus kojines ir batus. Jis atsikvėpė, sunėrė rankas už nugaros ir ėjo. Paskui apsisuko ir žingsniavo į priešingą pusę.

Elė, vilkėdama naktinius marškinius, tepėsi skruostus ir kaktą šaltu kremu. Ji pakėlė pagalvę, nuo naktinio stalelio paėmė Mary Oliver poezijos knygą ir pradėjo skaityti. Nors Marija buvo jos mėgstamiausia poetė, Elė tiesiog negalėjo susikaupti ties žodžiais ar eilių ritmu.

Ji užvertė knygą, užsitraukė antklodę ir stebėjo, kaip jos vyras vaikšto aukštyn žemyn. Galiausiai ji paklausė: „Kas nutiko, mano meile?"

Abė akimirką sustojo, paskui vėl ėmė judėti.

„Pasakyk man. Žinai, ką sako apie pasidalytą problemą".

„Aš negaliu."

Elė nužvelgė lovą ir įsispyrė į šlepetes. Ji paėmė Abą už rankos ir pasodino jį ant savo lovos pusės galo. Ji atsiklaupė, priglaudusi jo galvą tarp delnų, tada ėmė masažuoti jo smilkinius. Iš pradžių Abė priešinosi, daugiausia dėl to, kad buvo pervargęs, bet netrukus jo kvėpavimas nurimo. Ji atsisegė jo sagas ir nusivilko marškinius, paskui juos pakeitė naktiniais marškiniais. Ji pabandė atsisegti jo kelnes.

„Likusią dalį galiu padaryti pats, - pasakė Abė, atsisegdamas kelnes ir nusimesdamas apatinius.

Elė pakėlė nešvarius drabužius ir sudėjo juos į skalbinių krepšį. Kai ji grįžo, Abė stovėjo kaip mažas berniukas ir laukė, kol mama paguldys jį į lovą.

„Kaip nori, - pasakė ji, vesdama jį už rankos, išpurtydama pagalvę ir įsitaisydama po antklode.

„Ačiū, meile, - tarė jis, žiovaudamas.

Elė grįžo į savo lovos pusę ir nusiavė šlepetes. Ji įlindo po antklode, arba bandė tai padaryti, bet, kaip visada, jos vyras sulaikė didžiąją dalį šilumos.

Ji tyliai persikėlė pagalvę, bandė persikloti, bet negalėjo. Vietoj to ji klausėsi, kaip keičiasi jo kvėpavimas, ir tada suprato, kad jis kietai miega.

Mėnulio šviesa skverbėsi pro užuolaidas ir metė stebuklingą šešėlį jos lovos pusėje. Ji užsnūdo, prisiminusi dieną, kai pirmą kartą sutiko savo vyrą.

Ji su tėvu dirbo šeimos versle. Jie prekiavo audiniais iš viso pasaulio ir visais įmanomais aksesuarais, susijusiais su siuvimu. Jos tėvas didžiavosi parduodamas naujausias ir moderniausias siuvimo mašinas. Parduotuvės įkvėpėja buvo jos motina, kurios ji neprisiminė. Motina mirė gimdydama seserį.

Kai jie tik pradėjo verslą, ji ir tėvas dirbo didžiąją dalį darbo. Jos sesuo padėdavo, kai tik galėdavo. Geriausiai parduodami ir paklausiausi buvo iš Azijos ir Europos importuoti audiniai.

Vieną dieną atėjo audinių pardavėjas: Abė. Jos tėvas su juo susipažino Niujorke vykusioje pirkėjų konferencijoje. Jis gerai atsiliepė apie šį jaunuolį, sakydamas, kad jis gimęs būti „audinių liestuvu".

„Vaikinas turi talentą", - sakė jos tėvas. „Dievo duota dovana - jausti kokybę ir atpažinti tendencijas anksčiau, nei jos tampa tendencijomis audinių pramonėje."

„Kodėl mes jo neįdarbiname, tėveli?" Elė paklausė.

„Nemanau, kad galime sau jį leisti. Bet aš pakviečiau jį kartu vakarienės. Tu gali iškepti savo ypatingą keptą vištą, sausainių ir bulvių košės. Galėsime sužinoti, ar tikrai kelias į vyro širdį yra jį pamaitinant".

Ji nusijuokė, bet labai džiaugėsi galėdama susipažinti su šiuo nauju vyru. Šį Abė, turintį dovaną.

Tą popietę jis atvyko į parduotuvę. Ji beveik iš karto įtarė, kad tai jis. Jis buvo kiek daugiau nei 180 cm ūgio, apsirengęs pilku kostiumu, kuris judėjo ant jo tarsi antras odos sluoksnis. Jo šviesūs plaukai buvo sušukuoti atgal, tvarkingi, ne per daug aliejuoti. Ją traukė prie jo, kaip bitę prie baziliko, kai ji stebėjo, kaip jis pirštais braukia per jų brangiausius importuotus audinius.

Jos tėvas žengė per parduotuvę jo pasitikti. „Sveikas atvykęs, Abraomai, - pasakė jis, kai jie paspaudė vienas kitam ranką. „Tai mano dukra Elė."

„Man labiau patinka, kai mane vadina Abė", - tarė jaunuolis.

Elė paraudonavo, ji dar niekada nebuvo girdėjusi, kad kas nors nesutiktų su jos tėvu. Net ir šiandien, kai pagalvojo apie tą akimirką, jos skruostai sušilo.

Buvo ir kitų akimirkų. Galingesnė akimirka, kai jai ant rankų atsirado žąsies oda. Tai buvo magiškas ryšys. Jie buvo sukurti vienas kitam. Kaip vestuvių dovaną tėvas jiems padovanojo parduotuvę.

Po dvejų metų tėvas mirė, o sesuo išsikraustė su vyru kurti šeimos. Tuo tarpu ji ir Abė tęsė verslą labai sunkiais laikais.

El, kuri visada norėjo vaikų, negalėjo pastoti. Atlikus tyrimus buvo patvirtinta, kad ji negali pastoti. Ji nerimavo, kad nuvils Abė, bet jis tam neprieštaravo, o jei ir prieštaravo, tai neleido jai to suprasti. Verslas tapo jų kūdikiu.

Tada, kai jie buvo susituokę jau devyniolika metų, į parduotuvę įėjo jaunas vaikinas. Abė stebėjo netašytai atrodantį jaunuolį, tikėdamasis, kad jis ką nors pavogė, ir buvo pasirengęs kviesti policiją.

El pastebėjo: „Žiūrėk, jis irgi liečia audinius".

Jie priėjo prie berniuko, kuris iškart puolė į ašaras.

„Ar norėtum puodelio kakavos?" El paklausė.

Jis linktelėjo galva ir nusekė paskui ją į virtuvę, o Abė sekė iš paskos. Ji padarė jam puodelį karštos kakavos su dviem riekelėmis sviestuoto skrebučio ir jie kartu atsisėdo prie stalo.

Berniukas ištiesė ranką po duonos riekę, paskui pažvelgė ir paslėpė nešvarias rankas.

„Vonios kambarys yra koridoriuje, - pasakė Elė. „Gali ten atsigaivinti."

Kol jis nuėjo, Abė pasakė: - Tikiuosi, kad neužkandai daugiau, nei gali sukramtyti, mielasis. Akivaizdu, kad jis bėga. Jis kvepia ir - ar nevertėtų paskambinti policijai ir leisti jiems išsiaiškinti, kas jis toks?"

„Jis mažas ir nepavojingas. Pirmiausia pažiūrėk, ar jis nori papasakoti mums apie savo bėdą. Galbūt galėsime padėti."

„Kaip norite", - pasakė Abė, kai berniukas grįžo švariomis rankomis ir spindinčiu švariu veidu.

Jis pirmiausia suvalgė skrebučius, tada užsipylė karšto šokolado ir jį išgėrė. „Ačiū."

„O, nėra už ką", - pasakė Elė. „Ar norėtum, kad kam nors paskambintume, kad atvažiuotų ir tave pasiimtų? Tavo motiną ar tėvą?"

Jis apsipylė ašaromis. „Jie mirę."

El priėjo prie jo ir apkabino jį, kai jis aiškino apie automobilio avariją, apie globą, apie viską, kas blogo jam nutiko. Labiausiai apie tai, kaip jis negalėjo grįžti atgal.

„Turiu draugą apygardoje, - pasakė Abė. „Jis gali padėti."

Elė laikė berniuką ant rankų, kol jie laukė Abės draugo. „Jis geras žmogus, - pasakė ji. „Jis žinos, ką daryti." Berniukas prisiglaudė prie jos.

Seržantas Mileris atvyko kiek vėliau, tuo metu El jau buvo pasiūliusi berniukui laisvą kambarį, kol bus galima išspręsti ką nors pastovesnio. Taip jie tapo šeima.

Dabar jie visi pasikliovė vienas kitu, o parduotuvė nebepardavinėjo audinių. Vis dėlto jos gyvenime buvo du audinių liestuvai, ir kas žino, kada jų talentų vėl prireiks. Ji žinojo, kad viskas yra cikliška.

Elė pažvelgė į miegantį vyrą. Ji pabučiavo pirštą ir prispaudė jam prie kaktos, stengdamasi jo nepabudinti. Jis nusišypsojo, kaip tik tuo metu, kai Kati išleido šauksmą koridoriuje.

SKYRIUS 27

KATIE

Katie, - sušnabždėjo balsas. „Katie.“

„Mama, kur tu esi?“

Mergaitė pasitrynė akis, iš pradžių negalėdama prisiminti, kur yra. Ji atmetė antklodę ir žengė ant šaltų grindų. Tada peršliaužė į kitą kambario pusę ir įjungė šviesą. Dabar ji nuėjo link lango, kur šlamėjo užuolaidos.

„Mama, ar tai tu?“

Po langu grindyse esanti ventiliacijos anga, iš kurios sklido šiluma, traukė ją kaip magnetas. Kai ji žengė prie ventiliacijos angos, jos naktiniai marškiniai išsipūtė aplink ją, prisipildydami šilumos nuo karščio.

„Katie, - vėl sušnabždėjo balsas. „Kur tu esi, Katie?“

„Aš einu, mama“, - pasakė ji, bandydama pažvelgti pro langą, bet jis buvo per aukštai, kad ji jį pasiektų.

„Aš tavęs laukiu“, - pasakė mama. „Aš laukiu čia.“

Susigraudinęs, kad ją pamatys, vaikas ieškojo ko nors, ant ko galėtų atsistoti. Ji nuėmė nuo stalo vazą su saulėgrąžomis ir patraukė po langu. Pastūmė lovą šalia jos. Atsistojo iš pradžių ant lovos, paskui ant taburetės. Praskleidė užuolaidas. Apačioje, išskyrus gatvės žibintų švytėjimą, buvo visiškai juoda.

„Mama!" - sušuko ji, bandydama atidaryti langą. Kai negalėjo pasiekti viršutinės spynos, sugniaužė kumščius ir trenkė į stiklą.

„Katie, - sušnabždėjo mama. „Katie."

„Palauk, mama, palauk manęs."

Ji nulipo nuo stalo, ant lovos, ant grindų ir nuėjo prie knygų lentynos. Ji dviem rankomis pakėlė A raidės formos knygų skirtuką. Padėjo jį ant lovos, o pati užlipo ant jos. Tada padėjo jį ant stalo, o pati užlipo ant jo. Ji pakėlė raidę A ir metė ją į stiklą.

Stiklas sudužo ir į vidų, ir į išorę, gaudydamas jos ir aplink ją esančių daiktų nuolaužas.

„Mama!" - sušuko ji.

Ji vis dar kietai miegojo, drebėdama žiūrėjo pro sudužusį langą.

SKYRIUS 28

EL IR KATIE

Elė ir netrukus Benjaminas koridoriumi nuėjo į mažosios Katie kambarį. Radę ją, apšviestą mėnulio, susisupusią į kamuoliuką ant grindų šalia apversto stalo. Jos šviesūs plaukai ir naktiniai marškiniai judėjo kartu, tarsi vėjelis nuo lango būtų susiliejęs su mergaitės kvėpavimu. Jie pastebėjo, kad aplink ją telkšo kraujas. Tarsi vaiduoklis, prisikėlęs naktį, ji atsistojo ir sušuko: „Mama!".

„Atsargiai, nepabudink jos, - sušnabždėjo Elė.

Jie stebėjo, kaip nuo užuolaidų link jos plaukia čiuptuvai. Jos veido išraiška, tuščias žvilgsnis į nebūtį išgąsdino Benjaminą. Kelioms sekundėms jis pamiršo kvėpuoti.

Mėnulio šešėlis plaukė virš jos. Jis išryškino jos sužalojimus. Ji atrodė tarsi saloje, apsupta stiklo.

Benjaminas stumtelėjo ją: „Sustok, nejudėk", - sušnabždėjo Elė, bet jis neklausė. Jis persimetė per grindis ir prisitraukė Kati į savo rankas. Jos kūnas susmuko. Jis stovėjo ir laukė, negalėdamas pajudėti iš baimės šnabždėdamas jos vardą.

El grįžo nešinas pirmosios pagalbos rinkiniu.

Jis paguldė ją ant lovos.

„Įpilk man į dubenėlį šilto vandens". Jis nejudėjo. „Benjaminai, šilto vandens. Ir veido šluostę bei rankšluosčius."

Jis linktelėjo galva ir išėjo iš kambario, o Elė įvertino situaciją. Ji mokėsi slaugytojos profesijos, labai, labai seniai, dar prieš sutikdama Abą. Ji tikėjosi, kad prisimins, ką daryti.

Kraujo lašelių garsas, krintantis ant švarių baltų paklodžių, ištraukė ją iš galvos. Ji ėmėsi tvarkyti žaizdas, pincetu šalindama smulkias skeveldras. Katie liko miegoti.

„Ji tikriausiai lunatikuoja, - sušnabždėjo Bendžaminas.

„Laikyk ją ramiai, kad galėčiau patikrinti, ar nėra stiklo šukių, ir jas pašalinti".

„Ar turėtume skambinti į policiją?"

„Nemanau, - pasakė Elė, - manau, kad susitvarkysime." Ji tęsė, kol visos žaizdos buvo dezinfekuotos ir apvyniotos.

Katie kniaukė, bet nepabudo.

SKYRIUS 29

SUDAUŽYTAS STIKLAS

Dabar turime ją apversti ant šono", - pasakė Elė.

" Benjaminas pakėlė Katie ant šono, o El apžiūrėjo jos kojas. Katie pėdų paviršiuje buvo tik kelios stiklo šukės. Dauguma jų buvo tiesiog prilipusios prie odos netoli paviršiaus ir lengvai ištraukiamos.

Keletą kartų jos kvėpavimas pasidarė greitesnis, bet ji neatvėrė akių. Dabar, kai kraujavimas buvo sustojęs, El uždėjo Katie kojas šiltu audiniu ir jas apvyniojo. Tada ji pakėlė abi kojas ant pagalvės.

„Aš čia liksiu visą naktį, - pasakė El. „Nenoriu rizikuoti palikti ją vieną ar pažadinti, kai atsikelsiu nuo lovos."

Benjaminas nuėjo atidžiau pažvelgti į išdaužtą langą. Iš pradžių jis pamanė, kad kažkas bandė įsilaužti, paskui pamatė ant grindų gulintį knygų skirtuką. Jis pakėlė jį ir padėjo atgal į knygų lentyną. „Aš tuoj grįšiu, - pasakė jis.

Jis nuėjo į rūsį. Jis rado plastikinį lapą, tinkamą užklijuoti maskuojamąja juosta ant lango, kol pavyks jį sutvarkyti. Užklijavęs jį lipnia juosta, jis nuvalė kuo daugiau stiklo šukių.

Išvargęs jis susirado vietą lovos gale ir užmigo.

Pro lipniosios juostos tarpus kartkartėmis švilptelėdavo vėjas, bet nė vieno iš trijų miegančiųjų jis nepabudino.

SKYRIUS 30

WAKEY-WAKEY

Už miegamojo lango išgirdęs už lango giedančią mėlynąją zylę, Abė atmerkė akis. Jis krūptelėjo ir išsitiesė. Pastebėjęs, kad žmonos nėra, jis pašaukė ją vardu. Kai ji neatsiliepė, jis pamatė, kad trūksta jos šlepečių. „El!" - sušuko jis, eidamas koridoriumi.

Priėjęs Katie kambarį jis sustojo ir pažvelgė į vidų. El buvo ten, Benjaminas taip pat.

„El?" - sušnabždėjo jis; ji nepabudo.

Tuomet jis išgirdo švilpimą, po kurio pasigirdo klapsėjimas. Jis pirštais priėjo prie lango, kad ištirtų.

Užuolaidos buvo išverstos, o stiklas laikinai sutvarkytas plastiku ir lipnia juosta. Negalėdamas nieko suprasti, jis išėjo iš kambario, uždarė už savęs duris ir nuėjo į virtuvę.

Tamsiai mėlyname danguje kilo saulė, jis pripildė virdulį ir stebėjo, kaip ateina nauja diena. Dabar jo darbų sąraše buvo skambutis draudikams, kad šie atvyktų ir įvertintų žalą, bet pirmiausia jam reikėjo išsiaiškinti, kas atsitiko.

Skrandyje kirbėjo, todėl jis įsidėjo dvi riekes skrebučio ir nuspaudė svirtį. Pakeliui į šaldytuvą pasiėmė puodelį ir šaukštą. Kol virdulys baigė virti, iš šaldytuvo išsitraukė pieno ir sviesto ir į puodelį įsipylė arbatos. Jis įpylė karšto vandens, kai duona baigė kepti.

„Labas rytas, - sumurmėjo Benjaminas.

„Labas rytas, sūnau, - tarė Abė.

Benjaminas kažko negirdėjo.

„Sėskis dabar, virdulys karštas, o aš įpilsiu tau arbatos“.

Benjaminas pakluso nekalbėdamas.

„Nori riekelės skrebučio?“

Paauglys linktelėjo galva.

Abė išsitraukė skrudintos duonos riekeles ir suvalgė vieną riekelę, paskui kitą. Į antrąjį puodelį įdėjo arbatos maišelį ir supylė vandenį, maišydamas, kad arbata itin greitai prisitrauktų.

Vyresnysis žinojo, kad laikas čia labai svarbus, antraip Benjaminas vėl užmigs - tada visą likusią dienos dalį bus nenaudingas. Kai arbata buvo paruošta, Abė iš puodelio ištraukė arbatos maišelį, įbėrė du cukrus, po to šliūkštelėjo pieno.

Abė paėmė berniuko rankas, kurios gulėjo ant stalo, ir vieną po kitos uždėjo ant karštos arbatos puodelio. Jis stebėjo, kaip Benjaminas pajuto garuojančio užpilo kvapą ir atgijo, o tada gurkštelėjo gurkšnį.

Matydamas, kad berniukas jau atsibudo, Abė nuėjo baigti ruošti skrebučius.

Abė stebėjo, kaip Benjaminas keičiasi, kaip po truputį grįžta į gyvųjų šalį. Tuo tarpu jis gėrė arbatą ir suvalgė likusius skrebučius.

Bėgo akimirkos, kai pro langą patekusi saulė šoko ant jaunuolio profilio. Kai atrodė, kad jis gali tęsti pokalbį, o gal tai buvo viltingas mąstymas, Abė paklausė: „Ar papasakosi man, kas vakar vakare nutiko Katie kambaryje!".

„Ne."

„Na, aš niekada."

„Ne, nebent papasakosi, kas vakar nutiko Katie namuose".

„O, matau, kad esi dar labiau pabudęs, nei maniau, kad esi", - nusijuokė Abė. „Bet aš negaliu."

„O kodėl negaliu?" Benjaminas pasakė kramtydamas skrebučius. Traškučių traškumas ir sūrus sviesto skonis buvo toks skanus.

„Nes mano senas draugas seržantas Mileris prisiekė man paslaptį. Jei galėčiau tau papasakoti, papasakočiau. O dabar tu man papasakok, kas nutiko su tuo langu. Man reikia paskambinti draudikams, o to negaliu padaryti, kol nepasakysi, kas atsitiko."

Benjaminas toliau valgė skrebučius.

„Taigi, nori žaisti klausimų žaidimą? Pirmas klausimas, ar kas nors bandė įsilaužti ir pagrobti vaiką?"

Benjaminas, kuris dabar jau buvo baigęs gerti arbatą ir skrebučius, atsilošė ant kėdės, susikišęs rankas už galvos.

„Manau, kad ji tikriausiai vaikščiojo miegodama. Iš to, ką mačiau, tai buvo knygų padėklas, kuriuo buvo išdaužtas langas. Tačiau nė už ką negaliu suprasti, kodėl. Visa tai neturi jokios prasmės."

„Vargšas vaikas. Kodėl manęs nepabudinai?"

Benjaminas dar labiau atsilošė, todėl virtuvės kėdės priekinės kojos pakilo nuo žemės. „Seržantas Mileris niekada nesužinotų, kad tu man ką nors pasakei".

„Pasitikėjimas yra pasitikėjimas. Tu arba tai darai, arba prisieki. Arba to nedarai. Tai priklauso nuo to, koks žmogus esi. Aš laikausi savo žodžio, kaip ir mano draugas. Mes su seržantu Mileriu pasitikime vienas kitu ir, kaip ir tu bei aš, laikomės duoto žodžio". Abė pripildė savo puodelį iš arbatinuko. „Tiesą sakant, žinau labai nedaug. Jis net liepė man pasilikti automobilyje, kad nekelčiau pavojaus. Galiu tik numanyti, ką žinau iš atvykimų ir išvykimų, bet nenoriu perduoti jokios klaidingos informacijos."

„Turbūt kažką matei ar girdėjai, - tarė Benjaminas, po to pasigirdo šleikštus garsas. Jis žinojo, kad Abė neketina griauti draugo pasitikėjimo, ir pakeitė temą.

„Viskas įvyko taip greitai, su Katie. Ji sušuko, ir mes įbėgome. Jos kojose buvo stiklo šukių. El juos ištraukė. Nežinojau, kad ji turi slaugytojos išsilavinimą, ir jis tikrai pravertė. Mes suvaldėme situaciją ir nebuvo prasmės tavęs žadinti".

„Ar ji buvo sunkiai sužeista? Mačiau kraują ant grindų."

„El patvirtino, kad jos sužeidimai buvo nedideli. Katie visą laiką miegojo, kol El pincetu ištraukė stiklo šukes ir net kai dezinfekciniu skysčiu patepė žaizdas.“

„Ar pastebėjai, - tarė Abė, - kad vaikas mažai juokiasi? Kartais ji kikena, bet nesijuokia taip, kaip turėtų juoktis vaikas.“

„Kiekvienas žmogus yra skirtingas, galbūt ji tiesiog drovisi“.

„Yra ir liūdesio. Turiu omenyje už jos akių. Kažkas pažįstamo ir vis dėlto sulaikančio.“

„Negaliu pasakyti, kad pastebėjau ką nors panašaus, esi tikras, kad to neįsivaizduoji?“

„Kartą mačiau tą žvilgsnį, kai pirmą kartą atėjai pas mus, - pasiūlė Abė.

„Aš?“

„Galbūt ne baimę, galbūt liūdesį ar sielvartą, bet jis buvo nuolatinis, skausmas, gailestis, aplaidumas. Viskas sutilpo į vieną. Tavo akyse ji vis dar yra, bet tavo siela taip pat lenkia šviesos srautą, kuris ją užgožia, kad ir kas tai būtų. Jūs atradote save, nugalėjote ją, atradote savo tiesą. Bet mažąją Katie reikia gydyti, ja rūpintis taip, kaip aš rūpinausi tavimi.“

Bendžaminas į puodelį įsidėjo dar vieną arbatos maišelį, kelis kartus pamaišė, tada jį ištraukė, įsipylė cukraus ir pieno, tada gurkštelėjo. „Ją ir El sieja ryšys.“

„Tu teisus dėl to, ir man geriausia būtų ruoštis atidaryti parduotuvę. Pranešk man, kai pusryčiai bus paruošti, - pasakė Abė, dėdamas indus į kriauklę, ir nuėjo ruoštis į darbą.

Šeimos kambaryje Benjaminas įjungė televizorių. Jis iškart atpažino Katie namus. Visur buvo kameros, žiniasklaida. Sklypas buvo aptvertas geltona policijos juosta. Ten įvyko kažkas blogo, jis tai jau žinojo. Dabar jis turėjo išsiaiškinti, kas. Jis padidino garsą. Priartėjo arčiau.

Žurnalistas, vilkintis tamsiai mėlyną elektrinį kostiumą ir akinius tamsiais rėmeliais, stovėjo prie balto furgono, ant kurio buvo užrašyti vietinio televizijos tinklo inicialai.

„Čia Carly Wright, reportažas iš Ontario gatvės, kur neseniai buvo rastas kūnas. Vyras identifikuotas kaip Markas Deividas Vileris. Jo artimiausiems giminaičiams pranešta. Policija ieško bet kokių liudininkų, kurie matė, kaip jis įėjo į šį už mūsų esantį namą, kurio gyventojai yra Jennifer ir Katie Walker. (Ji laikė dvi nuotraukas.) Abu dingo ir paskutinį kartą buvo pastebėti penktadienio rytą netoli krantinės.“

Palaukite minutėlę, Katie motina nuotraukoje buvo šviesiais plaukais. Kai ją matė, jos plaukai buvo juodi - ar tą dieną prie krantinės ji dėvėjo peruką? O jei taip, tai kodėl?

Žurnalistė tęsė: „Nežinau, ką atsakyti į šį klausimą. „Markas Vileris kilęs iš gerai žinomos šio regiono šeimos. Šeimos, kuri per daugelį metų padėjo daugeliui labdaros organizacijų. Išsami informacija apie laidotuves ir lankymą bus pateikta vėliau. Jei kas nors turite informacijos apie ponią Walker ar jos dukrą, kreipkitės į vietos policiją arba paskambinkite man.“

Jis apsidairė aplink save, galvodamas apie negyvą kūną Katie namuose. Visas jo kūnas ėmė drebėti. Norėdamas atitraukti mintis nuo naujienų, jis grįžo į virtuvę ir įjungė virdulį. Kol jis virė, pažvelgė pro langą.

Saulės spinduliai bučiavo grindinį, voverės kėlė lapus, o paukščiai įskrido ir išskrido iš lesyklėlės. Jie nė nenutuokė, kad buvo įvykdyta žmogžudystė ar kad maža mergaitė pabudo šaukdama su į odą įsirėžusiomis stiklo šukėmis. Jų gyvenimai tęsėsi taip pat, nesvarbu, kas nutiko žmonėms, gyvenantiems juos maitinančiuose namuose.

Kai virdulys sušvilpė, jis išjungė degiklį, bet dar vieno puodelio arbatos neužvirė. Vietoj to toliau stebėjo normalumą už virtuvės lango, negalvodamas apie nieką kitą, kol nebejautė noro drebėti ar virpėti.

SKYRIUS 31

KATIE IR EL

Mama! Mama!" Katie šaukė vis dar užmerktomis
„ akimis.

Ryto saulei besiskverbiant pro plevėsuojantį plastiką, Elė laikė Katie ant rankų. „Viskas bus gerai, mažoji."

Katie atmerkė akis - ji buvo ne namie ir ne savo lovoje. „Mama!" - sušuko ji. „Kur mano mama?"

Elė ją paleido, kai ji atsitraukė.

Katie šauksmus išgirdęs Benjaminas ėmė ją valdyti. „Katie, tau viskas gerai ir visi ieško tavo mamos. Prisimeni El? Ir, atsimeni mane, Bendžamine?"

Katie ištiesė ranką ir paėmė Benjamino ranką, paskui El. Ji priglaudė jas prie skruostų, kai tekėjo ašaros, tada pastebėjo tvarsčius ant rankų. Ji nusimetė antklodę ir pamatė apsauginius įvyniojimus ant kojų. „Kas atsitiko?"

„Tikėjomės, kad galėsi mums papasakoti, - atsakė Benjaminas.

Kati kopė kojomis, nes stengėsi nuimti tvarsčius. Kai jie atsilaisvino, ji pabandė nuimti tuos, kurie buvo ant rankų. Elė suėmė jos rankas, užklojo antklodę atgal ant kojų ir niūniavo, kad ją nuramintų. Po kelių minučių Katie jau buvo prisiglaudusi prie jos peties ir ramiai ilsėjosi.

Po kelių akimirkų Katie pasakė: „Prisimenu, kad girdėjau, kaip mane šaukia mama".

„Sapne?" Benjaminas paklausė.

Elė užkišo Katie plaukus už ausies.

„Ar aš tai padariau?" - paklausė mergaitė. „Ar aš išdaužiau langą?"

„Tylėk, vaikeli, - pasakė El. „Benjaminas jį sutvarkė, ir netrukus jis vėl bus kaip reikiant. Nesvarbu, kaip jis buvo išdaužtas. Mums svarbu tik tavo saugumas. Langus visada galima sutaisyti."

„O manęs ne?" Katie paklausė.

Elė ją apkabino. „Tu esi tobula tokia, kokia esi."

Benjaminas paklausė: „Ar gali ką nors prisiminti? Ką nors apie sapną?"

„Mama mane šaukė, tai viskas, ką prisimenu."

Trijulė sėdėjo tyliai. Elė galvojo apie tai, kas galėjo nutikti. Bendžaminas galvojo apie tai, kaip jis džiaugiasi, kad ji nebuvo pagrobta ar sunkiai sužeista. Katie galvojo, kur yra jos mama ir ką jie valgys pusryčiams.

„Esu alkana, - tarė ji, glostydama gurgantį skrandį.

„Benjamino kiaulininkų kompanija tavo paslaugoms, - pasakė jis.

Katie apsikabino jį aplink kaklą, tvirtai laikydamasi, ir jie nuėjo į virtuvę.

„Ar norėtum būti mano mažoji blynų pagalbininkė?" El paklausė. Katie linktelėjo galva ir nusišypsojo; Bendžaminas surado jai vietą ant stalviršio. „Tai slaptas šeimos receptas", - pasakė El, kai į miltus įmušė du kiaušinius ir pradėjo maišyti. Kai viskas buvo paruošta, ji šaukštu supylė tešlą ant įkaitusių grotelių. „Gerai, laikas juos apversti. Matote, kaip jie burbuliuoja?" Ji padėjo mergaitei apversti blynus.

„Tai lengviau, nei maniau, kad bus", - pasakė Katie. „Ypač su šiomis didelėmis pirštinėmis."

„Ar kada nors padėjai mamai gaminti maistą?"

„Kartais, bet ji niekada neleisdavo man sėdėti ant stalviršio ar apversti blynų."

„Gaminti gali būti smagu."

„Tik ne pjaustyti svogūnus - nuo jų aš verkiu, o ir skonis man nepatinka."

El nusijuokė. „Kada nors parodysiu tau paslaptį, kaip juos pjaustyti po vandeniu, kad nerėktum." Tada Benjaminui: „Jau beveik paruošta, gal gali pranešti Abėjui?"

Katie nusijuokė. „Pjaustyti svogūnus vonioje? Tai juokinga, El. Man smirdėtų kojos."

„Ne, kvaily. Turiu omenyje kriauklę. Tačiau esi teisi, jei pjaustytum juos vonioje, tikrai smirdėtų kojos ir visa kita."

Katie ir El nusijuokė, o jos kartu dengė stalą. Netrukus prie jų prisijungė Benjaminas ir Abė. Visi suvalgė savo porciją, tada Abė pasakė, kad turi grįžti į parduotuvę.

„Aš sutvarkysiu, - pasakė Benjaminas. „Bet tai užtruktų perpus trumpiau, jei tu man padėtum".

„Manau, kad klientai gali palaukti", - pasakė Abė.

„Eime, apsirengsi", - pasakė El Katie ir jie išėjo iš virtuvės.

Kai jie jau buvo išėję iš akiračio, Bendžaminas pasakė: „Mums reikia pasikalbėti, Abė".

$$* * *$$

Kas atsitiko?“ Abė paklausė.

"   „Katie namuose rastas negyvas vyras, vardu Markas Vileris. Apie tai rodė per žinias.“

„Aha...“

„Ar tai viskas, ką turi pasakyti?“

„Man reikia pagalvoti, - pasakė Abė. „Galėčiau padirbėti, kol mes susitvarkysime.“

Kai viskas grįžo į savo vietas, Benjaminas nuėjo į svetainę ir įsijungė televizorių.

„Geriau uždaryk duris“, - pasakė Abė, ir Benjaminas tai padarė.

„Maniau, kad tau reikia grįžti į parduotuvę“.

„Taip, bet praeidamas pamačiau, kad rodomos žinios. Jis perėjo per kambarį ir padidino garsą.

„Galėjau tai padaryti su šituo“, - pasakė Benjaminas, laikydamas keitiklį.

„Jau padaryta“, - pasakė Abė ir atsisėdo.

Kitas reporteris, panašus į Klarką Kentą, stovėjo ant Volkerių valdos vejos.

Jis tarė: - Marko Vilerio šeima gerai žinoma šioje bendruomenėje. Per daugelį metų jų dosnumas palietė ir pagerino daugelio žmonių gyvenimus, nes jie aukojo labdaros organizacijoms ir fondams. Tačiau įtarimai dėl sąsajų su narkotikais yra tiriami.“

„O ne“, - tarė Benjaminas.

„Šššššš.“

Žurnalistas tęsė. „Ieškome šio namo, esančio už manęs, gyventojų. Dženiferos Volker ir jos dukters Katie Volker“. Jis iškėlė nuotrauką. „Jei kas nors matė Katie ir Jennifer arba turi informacijos apie jų buvimo vietą, skambinkite mums arba susisiekite su vietos policija.“

„O jei kas nors pamatytų mus, apsipirkinėjančius su Katie?“

„Šššš.“

„Visi, turintys informacijos apie Marką Wheelerį, gali skambinti konfidencialia karštąja linija. Numeris yra ekrano apačioje.“ Jis vėl pakėlė Dženifer ir Katie nuotrauką. „Privalome surasti šiuos du žmones, kol jiems nieko blogo neatsitiko. Prašau, jei esate lauke ir matėte ar ką nors žinote apie jų buvimo vietą - skambinkite į policiją. Bet kokia informacija gali būti naudinga. Net ir ta informacija, kuri jums atrodo nereikšminga, gali suteikti mums kokių nors užuominų, kad galėtume jiems padėti. Doug Falcon praneša iš SJB TV“.

Kelias minutes Abė ir Bendžaminas tylėjo. Tada Bendžaminas prisiminė, kad tą dieną, kai jis matė Kati motiną, ji buvo tamsiaplaukė, o nuotraukoje, kurią laikė reporteris, ji buvo šviesiaplaukė. Benjaminas papildė jam šį prisiminimą.

„Taip, ta smalsi kaimynė, su kuria kalbėjausi, Džudi Smit minėjo peruką“.

„Norite pasakyti, kad jau papasakojote apie tai seržantui Mileriui?“

„Nepasakiau, bet tikriausiai turėjau“.

„Jūs tikrai turėtumėte seržantui Milleriui papasakoti apie peruką. Bet kas, jei kas nors sužinos, kad Katie yra čia, pas mus? O kas, jei dėl to vakar vakare buvo išdaužtas langas? Katie sakė, kad girdėjo, kaip skambino jos mama. Ar ji buvo išėjusi į gatvę, po Katie kambariu ir jos šaukėsi?“

Benjaminas pašoko.

„Sustok, - tarė Abė. „Visų pirma, tu sakei, kad knygnešys buvo panaudotas langui iš vidaus išdaužti. Katie tikriausiai sapnavo košmarą. Be to, seržantas Mileris žino, kad Katie yra pas mus, ir jis neleistų, kad ši informacija kam nors pasiskųstų.“

„Vis dėlto mes ją visur vežiojome. Į parduotuvę, į kavinę. Kažkas būtinai turėjo pastebėti. Ji yra išskirtinės išvaizdos vaikas.“

„Tu sėdėk čia ir nesijaudink. Paskambinsiu seržantui Mileriui, o dar geriau - užsuksiu ten ir pasikalbėsiu su juo.“

Jis pasuko durų link. „O kol kas likite viduje ir pasakykite El, kad šiandien parduotuvė būtų uždaryta“.

„Kokią priežastį turėčiau jai nurodyti? Ar turėčiau paaiškinti viską, ką sužinojome apie Vilerį?“

„Tikrai ne. Įsitikink, kad jei televizorius įjungtas, kai Katie yra šalia, jis niekada nebus įjungtas į žinias.“
„Taip ir bus.“

SKYRIUS 32

POLICIJOS NUOVADOJE

Abė nuėjo į policijos nuovadą, kur vyko spaudos konferencija. Jai vadovavo seržantas Mileris. Mileris stovėjo už tribūnos, o mikrofonas buvo pakeltas į jo aukštį. Į vidų įsiveržė būrys žurnalistų su fotoaparatais. Vienas reporteris sušuko klausimą. Abė alkūnėmis prasiskynė kelią pro žiniasklaidos cirką, kad užliptų laiptais ir patektų į pastatą. Jis nekentė minios, o atsidurti šio visiško chaoso centre nenorėjo. Mileris, praeidamas pro šalį ir įeidamas į pastatą, linktelėjo galva ir patvirtino Abės buvimą.

Žurnalistas sušuko: „O kaip dėl dingusio vaiko? Ar yra kokių nors įkalčių?"

Antrasis reporteris sušuko: „Ką žinote apie mergaitę ir jos motiną? Kaip jie buvo susiję su Vileriu?"

Mileris pakėlė ranką, kad nutildytų neklusnią karūną. Kai jie nurimo, jis atsakė: „Prašom po vieną klausimą. Pirma, vaikas buvo paskelbtas dingusiu - ji nėra dingusi. Tiesą sakant, mes žinome, kur ji, kur yra Katie Walker - ji saugiai globojama globos namuose."

Iš minios moterų pasigirdo duslus atodūsis. Kelias sekundes šviesiaplaukė moteris išsiskyrė iš kitų. Jis akimirkai atsimerkė, ir jos nebebuvo.

„Ar Katie Walker buvo apžiūrėta gydytojo?" - paklausė kitas žurnalistas.

„Viskas tinkamu laiku, - atsakė Mileris. „Mums reikia jūsų pagalbos ieškant vaiko motinos. Turime nulines užuominas."

Prisiminęs, kad Katie motina buvo šviesiaplaukė, o ne tamsiaplaukė, kaip buvo pranešta iš pradžių, - jis nusekė minią, ieškodamas moters, kurią prieš tai buvo įžvelgęs. Nepasisekė. Jis niekur negalėjo jos įžiūrėti.

„Atsakysiu į paskutinį klausimą ir nešvaistykite manęs klausinėdamas, kur yra vaikas, galiu pasakyti tik tiek, kad ji saugi ir sveika." Jis pasirinko kitą žurnalistę, kuriai uždavė klausimą: „Pirmyn, Maggie". Maggie iš vietinio laikraščio jis pažinojo jau daug metų. Ji nebuvo panaši į kitas. Ji buvo tikra žurnalistė.

„Labas rytas, seržante Mileri, - tarė Maggie.

Mileris linktelėjo galva.

Maggie paklausė: „Kadangi vaikas, Katie, yra prižiūrimas, kodėl taip ilgai užtrukote nuvykti į jos namus ir atlikti tyrimą?" Nors Magdži nejudėjo, aplinkiniai žurnalistai pajudėjo. Jie stumdėsi ir stumdėsi, norėdami prieiti arčiau.

„Na, Maggie, - tarė Mileris. „Vaikas, turiu omenyje Katie Walker, penktadienį buvo paliktas prie krantinės. Apie jos namų adresą sužinojome tik vakar".

„Netiesa", - sušuko kita žurnalistė.

„Užteks", - pasakė Mileris, trenkdamas kumščiu į podiumą ir atsitraukdamas nuo mikrofono.

Tas pats reporteris sušuko: „Mes kalbėjomės su kaimyne, ponia Džudi Smit (Judy Smith). Ji patvirtino, kad pagyvenęs vyras buvo atėjęs į namą dieną prieš tai. Tas pats vyras, kurį ji vakar matė sėdintį jūsų policijos automobilyje".

Mileris ėjo toliau, nekreipdamas dėmesio į šurmulį, džiaugdamasis, kad žurnalistai nebuvo pakankamai protingi, kad sudėtų du ir du, nes vyras, apie kurį jie kalbėjo, ką tik prasmuko pro juos ir įėjo į pastatą.

Prieš įeidamas į nuovadą jis atsisuko į žurnalistus. „Jūs turėjote klausimų. Dabar leiskite mums baigti savo darbą, o jūs atlikite savo. Padėkite mums surasti vaiko motiną. Dėkojame už jūsų laiką." Jis prasibrovė pro besisukančias duris ir nuėjo į savo kabinetą.

Ebė, kuris įsitaisė sėdėdamas, dabar atsistojo, kad paspaustų Mileriui ranką. Abė pasakė: - Matėme Kati nuotrauką per televiziją ir girdėjome apie negyvo vyro kūną. Koks šiurpus radinys. Nenuostabu, kad buvai toks tylus, kai vežė mane namo".

„Viskas dėl pareigos", - pasakė Mileris. „Kavos?" Abė atsisakė, mostelėjęs ranka. Mileris tęsė: - Žurnalistai trokšta istorijos, bet kokios istorijos. Jūs negirdėjote paskutinio klausimo. Ta moteris - jūsų smalsus kaimynas - minėjo, kad lankėtės namuose ir buvote mano kreiseriuke. Kai išvažiuosite, privalome įsitikinti, kad grįšite namo niekam nesekant".

„O ne, - tarė Abė. Jis pažvelgė per stalą į draugą. Jis atrodė taip, tarsi būtų pasenęs per kelias pastarąsias dienas. „Ar išvis miegojai? Atrodai kaip velnias.“

„Miegoti? Kas tai yra? Bandžiau čia sudėlioti detales, tai sudėtingas atvejis. Manėme, kad turime motinos užuominą, bet ji nepasitvirtino. Ji tarsi dingo be pėdsakų“. Suskambo jo telefonas. „Gerai, ačiū, kad pranešėte“.

„Jokių naujų įkalčių?“

Mileris pasilenkė arčiau. „Tai buvo koroneris. Naujas kūnas. Kol kas nėra tapatybės nustatymo.“

„Kokia tavo nuojauta? Ar tai Katie mama?“

„Negaliu pasakyti, nes nežinau.“

„O miręs vyras, kas jis buvo? Turiu omenyje, aš žinau vardą. Jis susijęs su narkotikais. Negaliu patikėti, kad kuri nors motina taip sukeltų pavojų savo vaikui.“

„Tariamai. Kas žino, kodėl žmonės daro tai, ką daro? Kai buvome namuose, ant židinio atbrailos kabojo Katie ir Marko nuotrauka. Atrodo keista, kad motina tai leistų, jei ketintų nužudyti savo vaikiną.“ Jis padarė pauzę, baimindamasis, kad pasakė per daug, tada pakeitė temą: - Bet taip, jo atspaudai apšvietė sistemą. Tai motyvas, kurį mes stengiamės surasti.“

„Motyvo, pavyzdžiui, mafijos nužudymo?“

„Ech, neleisk savo vaizduotei įsibėgėti“, - pasakė Mileris. „Kalbant apie motyvą, to aš nežinau.“ Seržantas Mileris pakėlė telefono ragelį. Kai atsiliepė registratorė, jis pasakė: „Taip, man reikia, kad civilis asmuo būtų išvestas iš pastato.“ Jis išklausė ir atsakė:

„Taip, pro galines duris. Užtikrinkite, kad jis nebūtų sekamas".

Abė atsistojo: „Mano brangus drauge, tu eini su manimi. Galiu lažintis, kad žmona ir vaikai tavęs pasiilgo, o tau reikia išsimiegoti".

Seržantas Mileris iš esmės sutiko su Abe'u, bet turėjo per daug darbo. Vis dėlto jis skyrė laiko įsitikinti, kad jo draugas saugiai išėjo iš pastato ir keliauja namo.

„Krantas švarus", - pasakė vairuotojas. Mileris uždarė Abės automobilio dureles, stebėjo, kol automobilis dingo iš akių, tada grįžo į savo kabinetą.

SKYRIUS 33

ŠVIESIAPLAUKĖ
FLASHBACK

Buvo graži sekmadienio popietė, po miestą vaikštinėjo šeimos. Dauguma jų rengė iškylas, kiti mankštinosi ar ilsėjosi prie krantinės. Oras kvepėjo saldžiai, kaip ir tada, kai pavasaris pereina į vasarą. Beveik ant kiekvieno medžio buvo matyti čiulbantys ir praskrendantys paukščiai.

Ant galinės taksi automobilio sėdynės moteris stebėjo miesto veiklą. Ji norėjo, kad ir jai užtektų pinigų čia gyventi. Dabar sustojusi prie raudono šviesoforo ji stebėjo šeimą, mėtančią frisbį pirmyn ir atgal. Kai pasikeitė šviesoforo signalas ir automobilis nuvažiavo toliau, ji toliau stebėjo, kol jų nebematė.

Mintyse ji galvojo, ką pasakys seseriai. Anksčiau ji jau buvo prašiusi pinigų, ir sesuo jų davė, bet nenoriai. Daugiausia dėl to, kad žinojo, kam tie pinigai bus skirti - jos skoloms, susijusioms su narkotikais, padengti. Galiausiai vyresnioji sesuo pasiduos. Vis dėlto jai nepatiko, kad turi prašyti. Ypač asmeniškai.

Ji tikėjosi, kad ten būdama pamatys mažąją Katie, gal net susipažins. Dabar, kai jai jau buvo septyneri, gal ji ją net prisimins.

Kartą ar du vairuotojas žvilgtelėjo į ją per galinio vaizdo veidrodėlį. Ji pasitaisė veidrodinius akinius nuo saulės ir nepastebimai nušluostė ašarą.

„Į ką tu žiūri?" - paklausė ji.

„Nieko", - atsakė jis, pasukdamas į Ontario gatvę, - "Kokio numerio vėl ieškojote?"

Tai buvo policijos juosta apjuostas namas, visur stovėjo kreiseriai.

„Važiuokite toliau!" - įsakė ji. „Važiuokite!"

„Gerai, bet kur dabar, ponia?" - paklausė jis apsisukdamas.

„Tiesiog važiuokite, leiskite man pagalvoti!" - sušuko moteris. Ji išsitraukė iš rudos rankinės telefoną ir paspaudė greitojo rinkimo numerį. Jis skambėjo, skambėjo ir skambėjo. Ji atsijungė, įsirėmusi nagais į porankį. Ji giliai įkvėpė ir paspaudė kitą greitojo rinkimo numerį. Kaip ir pirmasis, jis liko be atsako.

„Ponia, man reikia žinoti, kur važiuoju".

„Tiesiog vairuokite, kol liepsiu sustoti", - sušuko ji.

„Gerai, ponia, jūs esate viršininkė." Jis be tikslo važiavo toliau, sustodamas ir pradėdamas važiuoti, kai žalios šviesos pasikeisdavo į raudonas. „Važiuosime vaizdingu keliu."

Jie grįžo palei Ontarijo ežero pakrantę. Pamačiusi pinigų skaitiklį ir didėjančias išlaidas, ji patikrino piniginėje grynųjų pinigų. Jos kreditinės kortelės jau buvo išnaudotos. „Kur yra policijos nuovada?" - paklausė ji.

„Už kelių kvartalų".

„Nuvežkite mane ten", - pasakė ji. Pakeliui ji galvojo, ką sakyti, ką papasakoti apie save. Ji pastebėjo minią, užtvėrusią nuovados prieangį, visą laiką galvodama, ar tai kaip nors susiję su jos sesers namais.

„Tiesiog išleiskite mane, ten, - pareikalavo ji, paduodama vairuotojui saują monetų ir kelias susiglamžytas kupiūras.

Ji pliaukštelėjo žemyn suknelės priekį, dabar prigludusį prie jos nuo statinės. Už nugaros ji išgirdo sesers ir Katie vardą. Ji stumtelėjo į priekį, laukdama, ką pasakys vyras prie pakylos.

Kai jis atskleidė, kad jos dukrai viskas gerai ir kad ji yra globėjų šeimoje, ji vos neapsivėmė. Kelis kartus giliai įkvėpė ir paliko teritoriją, mintyse džiaugdamasi, kad dukrai viskas gerai. Dėl dingusios sesers klausimo, na, viskas bus išsiaiškinta laiku.

Ji toliau ėjo priešinga kryptimi, nei buvo atėjusi. Apsiavusi penkių colių kulniukus, ji buvo prastai pasiruošusi ilgam žygiui bet kur. Vėjelis glostė nuogas rankas ir ji džiaugėsi, kad šį vakarą bent jau nebus lietaus.

Nuo netoliese garuojančių karštų jautienos mėsainių, saldžių svogūnų ir riebių keptų bulvyčių kvapo jos skrandį ėmė raižyti. Puikus maistas po pagirių. Beveik be pinigų dabar turėjo pakakti kalorijų įkvėpimo. Norėdama išsiblaškyti, ji bandė prisiminti numerius tų, kurie, kaip manė, galėtų jai padėti, bet rezultatas buvo tas pats.

Už dviejų durų ji rado dėvėtų daiktų parduotuvę. Vitrinoje stovėjo šviesiaplaukė mergina, atrodė, kad ji apsirengusi vakarėliui. Ji pažvelgė į manekenės veidą, įsivaizduodama, kaip dabar atrodytų jos mergaitė. Jau daug metų ji nebuvo mačiusi jos nuotraukos.

Ji buvo ją užblokavusi - kaip visada, kai visko jai pasidarydavo per daug. „Suskirstyk." Taip jai visada liepdavo daryti psichiatras. Bet tas namas... ji matė jį aptvertą geltona juosta - policijos juosta - kaip iš CSI ar serialo „Žmogžudystė, kurią ji parašė". Tai buvo jos sesers namas. Jos sesuo, kuri buvo jos vaiko motina. Vaiko, apie kurį niekas nežinojo.

Už kelių durų susirinko minia. Ji prisijungė prie jų, matydama naujienų programą su subtitrais. Jos sesers ir dukters nuotrauka po antrašte „Dingę asmenys". Paskui Marko Vilerio nuotrauka su antrašte „Nužudytas, susijęs su narkotikais".

Šie du įvykiai buvo susiję. Dabar jos keliai iš tiesų pakirto ir ji paslydo ant grindinio.

„Man viskas gerai", - pasakė ji, kai nepažįstamieji padėjo jai vėl atsistoti ant kojų. Ji padėkojo jiems ir drebančiomis kulkšnimis nuskuodė tolyn.

Apie šį Marką Wheelerį ji buvo girdėjusi iš narkotikų pasaulio. Dabar jis buvo miręs. Kaip jos sesuo buvo su juo susijusi? Ar ji pati buvo su juo susijusi? Ji buvo jiems skolinga pinigų. Ji sakė, kad juos grąžins. Tai nebuvo net tokia didelė suma. Jos sesuo skolą už narkotikus grąžino kartą, du - ji nebesuskaičiavo, kiek kartų.

Žinoma, jie nebūtų ėmęsi jos sesers. Ačiū Dievui, kad jie nežinojo, jog Katie buvo jos. Jei jie nebūtų žinoję, tai kaip tada Vileris atsidūrė negyvas? Ar tas ryšys atvedė banditus į jos sesers namus?

Ji stengėsi apie tai negalvoti, suklupusi eidama dievai žino kur. Apsvaigusi, iš dalies apsvaigusi, ji prisiminė Katelyn gimimo dieną. Buvo jauna, septyniolikos, per jauna būti motina, ir vis dėlto, pirmą kartą pamačiusi dukrą, ji pajuto visus motiniškus jausmus, kuriuos turėtų jausti motina.

Būti septyniolikos buvo pakankamai sena, kad pagimdytų kūdikį ir sužadintų motiniškus instinktus, bet nepakankamai, kad įtikintų ją pasilikti naujagimę. Kad ją augintų. Bet, o, tas mažas veidelis. Jos kvapas. Rožinės spalvos kvapas. Klaidžiodama ji suspaudė telefoną rankose.

Ašarojančiomis akimis ji liepė sau atsipeikėti. Tuo metu ji pasielgė geriausiai Katelyn, atiduodama ją auginti vyresnei seseriai.

Pasiklydusi, neturinti kur eiti, neturinti su kuo pasikalbėti, ji priekaištavo sau, kad atvyko į miestą. Už tai, kad buvo narkomanė. Už tai, kad ėjo į sesers namus. Dėl visko - dėl viso to prakeikto kamuolio.

Į ją atsitrenkė vyras, kuris kvepėjo taip pat blogai, kaip ir atrodė.

„Žiūrėk!" - sušuko ji, priversdama vargšą vyrą apsipilti ašaromis. Ji pasiekė savo rankinės dugną, rado kelias paklydusias monetas ir gerklės pastilę ir įkišo jam į ranką.

„Dėkoju jums, - šūktelėjo vyras. Jis papūtė pastilės ir įsidėjo ją į burną, tada paklausė: „Ar pasiklydote?"

„Esu naujokė mieste, - atsakė ji. „Ar čia yra kokių nors lankytinų vietų?"

Jis pridėjo ranką prie smakro ir apžiūrėjo ją. „Ten, viršuje, yra garsusis viadukas, eikite toliau ir negalėsite jo nepastebėti. Nuostabus vaizdas."

„Ačiū, - tarė ji, eidama tolyn.

Nekantriai laukdama, kada pamatys tą įžymybę, ji atsidarė rankinę. Iš pakelio išsitraukė cigaretę ir užsidegė. Ilgas patraukimas padėjo jai palengvinti mintis. Ji galvojo, ką turėtų daryti, bet jokių atsakymų nesulaukė.

Katie biologinė motina sustojo pailsinti kojų. Pats parkas buvo visiškai aktyvus, jame bėgiojo vaikai ir šunys. Ji užsimanė dar vienos cigaretės, bet neužsidegė. Vietoj to ji klausėsi juoko. Tiesą sakant, ji neturėjo kur eiti.

Jos telefonas suvibravo; tai buvo Ansonas. „Kur esi?“ - paklausė jis.

„Esu netoli sesers namų, bet jos nėra namie.“

„Na, aš jau paruošiau tavo užsakymą. Pirmiausia turi sumokėti, kas priklauso. Kada grįši jo pasiimti? Negaliu jo čia laikyti per ilgai. Jei negalėsite sumokėti, turėsiu jį parduoti kam nors kitam. Žinote, yra laukiančiųjų sąrašas.“

„Aš negaliu grįžti iš karto, bet man jo reikia. Ar yra kokia nors galimybė, kad galėtum atvažiuoti ir mane pasiimti? Aš tau grąžinsiu pinigus. Padaryčiau viską.“

Splat! Vaiko, mažo berniuko, kamuolys atšoko ir pataikė į jos bato pirštą. Ji spyrė jam atgal.

„Ačiū, ponia, - pasakė jis.

„Aš negaliu ateiti ir tavęs pasiimti. Tai ne taksi tarnyba.“ Kitame laido gale spragtelėjo ir nutilo.

Ansonas buvo paskutinė jos viltis, kad pavyks grįžti. Ji būtų praradusi save ir viską, apie ką galvojo. Vienas smūgis, ir ji būtų dingusi - kiekviena mintis - kiekviena emocija - nors trumpam.

„Tu nusileisk čia!" - sušuko jai motina. „Tu nešvari maža šliundra!"

Tai buvo prieš daugelį metų, bet jos mintyse tai skambėjo taip, tarsi vyktų dabar. Ji net pajuto motinos kvapą - talko ir „Jack Daniels" derinį.

Jos sesuo jai buvo labiau motina nei motina. Jų tėvas išskrido iš namų iškart po to, kai ji atėjo į šį pasaulį, ir motina visada kaltino ją dėl jo išvykimo.

„Tu jį išvydai!" - rėkdavo ji.

Ir jos motina parsivesdavo vyrus namo. Vyrus, kurie padėdavo jai susimokėti už nuomą, padėti maisto ant stalo. Vyrai, kurie buvo pabaisos. Monstrai, nuo kurių motina turėjo apsaugoti savo dukrą.

Ji atsiduso. Metai terapijos leido jai atleisti motinai. Pripažinti, kad ji padarė geriausia, ką galėjo padaryti esamomis aplinkybėmis.

Taip ir buvo: Viadukas.

Ji krūptelėjo, jis buvo nepaprastai aukštai, bet taip, benamis sakė, kad vaizdas iš ten turi būti vertas kopimo. Tačiau batai ant kojų ją slėgė, todėl pusiaukelėje, pavargusi juos nešti, ji išmetė juos į Ontarijo ežerą. Ji nusijuokė pagalvojusi apie vėžlį ar žuvį, stebinčią juos, kai jie krenta į ežero dugną.

Kai užkopė į viršūnę, vaizdas jai užgniaužė kvapą. Ji matė šlykštynes, pastatus, kurie kažkada atliko tam tikrą funkciją. Dabar juose nebuvo žmonių, jie buvo neprižiūrimi, o jų sienomis augo piktžolės. Čia buvo nuogas grožis, kurį ji būtų galėjusi įvertinti, jei nebūtų buvusi taip aukštai.

O kitoje pusėje - Ontarijo ežeras. Ji sekė vandens taku. Dešinėje iššoko vienas jos batas, o po kelių akimirkų prie jo prisijungė kitas. Jie plūduriavo, tarsi vaiduoklis šoktų, o ne vaikščiotų vandeniu.

Ji juokėsi, iš pradžių tyliai, paskui isteriškai. Jos suknelė plaikstėsi aplink ją, tarsi ji būtų debesies viduje.

Ji žengė ant atbrailos. Ji buvo bloga motina, blogesnė nei buvo jos motina. Jos motina bent jau išliko ir laikė dukras šalia. Ji paliko spręsti dievui, Jėzui ar dar kam nors.

Katie biologinė motina jautėsi taip, tarsi nebūtų verta jos gelbėti. Jai nebuvo galima atleisti. Ji negalėjo atleisti net pati sau.

Ji braukė netikrais nagais per rankas. Sekdama pėdsakus, paliktus nuo adatų, kurias ji taip ilgai naudojo. Dabar ji juos jautė pirštais. Net jei ji atsikratytų šio įpročio, jie atpažintų jos pažeidžiamumą ir imtų maldauti, kad juos pamaitintų.

Ji priartėjo prie krašto. Užmerkė akis. Pajuto gėlių kvapą. Įsiklausė į čaižų klyksmą. Tada įkrito į vėsų Ontarijo ežero vandenį kaip lėlė, kurios virvutės buvo nukirptos.

Kai ją rado netoli viaduko, vandenyje ji buvo prabuvusi mažiau nei dvidešimt keturias valandas. Jos akys buvo plačiai atmerktos, tarsi ji vis dar kažką svarstytų kažkur visai nepasiekiamoje vietoje.

Kati biologinė motina laukė, kol bus nustatyta jos tapatybė morge.

SKYRIUS 34

EL, ABE IR KATIE

„Grįžk į lovą, - pasakė Abė, kai Elė susirinko savo daiktus ir nunešė į Katie kambarį. Ji pabučiavo jį į kaktą: „Ar norėtum puodelio kakavos?"

„Tu skaitai mano mintis."

„Tu pasilik čia, po antklode, ir šildykis. Aš net įmesiu keletą sausainių."

„Ačiū, meile." Jis klausėsi, kaip Elė vaikštinėja po virtuvę ir niūniuoja. Jis suprato, kad žmonai reikia paguosti vaiką, bet ir jam pačiam reikėjo paguodos. Be to, jis nerimavo, kad ji pernelyg prisirišo. Juk po dienos ar dviejų gali grįžti Katie motina. Jie daugiau niekada jos nepamatys. Kas tada?

El grįžo su padėklu. Išeidama ji pabučiavo jį į kaktą.

Katie sėdėjo ir laukė El. „Noriu namo, - tarė ji trindama akis.

„Ar tau čia nepatinka?" El paklausė jau žinodama atsakymą.

„Žinoma."

Abė įkišo galvą: „Kas verkia?" El bandė jį atstumti. „Kuo galiu tau padėti, mažoji?"

„Noriu eiti namo ir ko nors nusipirkti."

„Na, dabar", - pasakė jis, atsisėsdamas ant lovos galo. „Visų pirma, mes su El neturime rakto nuo tavo namų, kaip ir Benjaminas".

„Galiu patekti vidun, pro langą. Turėtum mane pakelti - kartą tai padariau, kai mama pamiršo raktą".

„Ko tau reikia?" Elė paklausė.

„Nemanau, kad turėtum eiti, - atsakė Abė.

„Norėčiau pasiimti savo dūšią".

Bet tu turi savo gražią lėlę, mažyli, - pasakė El.

„O, ji graži, bet aš nuo amžių turiu savo dūšią meškiuką ir jis bus visai vienas".

„Leisk man apie tai pagalvoti, - pasakė Abė. „O dabar patylėk ir eik miegoti, nes kitaip El turės grįžti į savo kambarį".

Nepratarusi nė žodžio Kati sugulė po antklode ir užmerkė akis. Abė mirktelėjo El ir išeidamas uždarė duris.

SKYRIUS 35

ABE IR EL

Abė nunešė padėklą į virtuvę, sutvarkė ir nuėjo į svetainę. Benjaminas miegojo ant sofos, o fone šurmuliavo televizorius. Jis jį išjungė, tada užmetė ant paauglio antklodę.

Abė grįžo į savo kambarį ir užmigo. Virtuvėje pasigirdęs puodų ir keptuvių garsas bei gaminamų pusryčių kvapas privertė jį išalkti. Jis žvilgtelėjo į radijo laikrodį - jau buvo 9:30! Jis apsivilko kambarinį paltą ir nuėjo į virtuvę.

„Reikėjo mane pažadinti!" - sušuko jis.

Katie pašoko.

„Atsiprašau, - tarė jis. „Pirmiausia norėjau pasakyti labas rytas".

Elė linktelėjo galva, Katie nusišypsojo. Jis atsitraukė iš virtuvės į svetainę, kur Benjaminas žiūrėjo televizorių.

„Ar gerai miegojai?" Abė pasiteiravo.

Benjaminas nekalbėjo, o padidino televizoriaus garsą, kad išgirstų, ką sako reporteris per žinias.

„Šį rytą Ontarijo ežero pakrantėje išplautas moters kūnas".

Benjaminui ant rankų pasišiaušė plaukeliai. „Dieve, tikiuosi, kad tai ne Katie mama".

Už jų namų durų laikraštis atsitrenkė į staktą. Abė jį pakėlė ir pirmajame puslapyje po antrašte „Dingusios motina ir dukra" pamatė Katie ir Dženifer Volker nuotrauką. Jis susuko laikraštį ir išmetė į šiukšliadėžę.

„Ateik ir pasiimk, - pašaukė Elė ir visi kartu susėdo pusryčiauti.

SKYRIUS 36

SGT. MILLER

Stotyje buvo numatytas susitikimas su RCMP. Jie buvo iškviesti, kai tik buvo nustatyta Wheelerio tapatybė. Jam reikėjo juos supažindinti su Katie buvimo vieta. Jie laikys informaciją paslaptyje.

Tuo tarpu Ontarijo ežero pakrantėje buvo išplautas naujas kūnas. Akivaizdu, kad pėdsakai ėjo aukštyn ir žemyn jos rankomis.

Prieš atvykstant RCMP, Mileris paskambino Abei, norėdamas sužinoti, kaip sekasi Katie.

„Jai sapnuojasi košmarai. Ji išdaužė langą, šiek tiek susižeidė. El visa tai pavyko ir vaikas nebuvo rimtai sužeistas".

„Oi, labai gaila tai girdėti, - pasakė Mileris. „Vaikui sunku miegoti svetimoje lovoje, svetimuose namuose".

„Dabar ji tik nori grįžti namo. Ji pasiilgsta kažko, ką vadina savo dūšios meškiuku".

„Atsiprašau, Abe, apie tai negali būti nė kalbos".

„Bet ji negali miegoti."

Mileris pakėlė balsą; jis uždarė duris. „Abe, tau jokiu būdu nevalia ten eiti. O kas, jei tave pamatys žurnalistas ir seks paskui tave namo?"

„Aš tave girdžiu."

„Visi laikykitės nuošaliai. Aš su jumis susisieksiu ir nepamirškite, kad turime neišaiškintą žmogžudystę. Ir nežinome, kur yra Kati motina." Jis suabejojo. „Katie gali būti vienintelis mūsų įkaltis. Ir žinau, kad tai atrodo tolimas šansas, bet vaikai yra įžvalgūs. Kartais jie pastebi dalykus, kurie gali padėti mums surasti jos motiną, išgelbėti jos motiną, kol dar nevėlu."

„Taigi manote, kad ponia Volker turėjo būti įsitraukusi į narkotikų verslą nuo tada, kai ji ir Vileris, eee, susitikinėjo?"

„Šiuo metu nežinau atsakymo, bet įsilaužimo ir įsibrovimo požymių nėra".

„Katie pasakojo Benjaminui, kad tai Wheeleris jai padovanojo brangią lėlę, taigi, jis ne kartą lankėsi namuose. Kita ironiška dalis yra ta, kad jis galbūt įsigijo lėlę iš mūsų".

„Tikrai? Ar pažiūrėjote į savo knygas, ar yra koks nors įrašas apie užsakymą? Tai gali būti įkaltis. Tai gali būti kažkas."

„Nežiūrėjau, ir žinai ką, iki šiol, kai tau papasakojau, net nepagalvojau patikrinti savo knygų. Jau nekalbant apie tai, kad kadangi lėlė yra vaiko kopija, vienas iš čia esančiųjų, jei jis tikrai pas mus užsakė, turėjo matyti Katie nuotrauką. Neprisimenu, kad būčiau ją matęs, bet žinote, atmintis - ir senatvė. Tai vienas iš pirmųjų dalykų, kurie išnyksta". Abė nusijuokė.

Mileris pasakė: - Taip, suprantu, bet patikrink ir pranešk, ką radai. Ką nors. Mokėjimo būdas. Užsakymo datą."

„Šias lėles siūlome tik prieš Kalėdas, todėl turėtų būti pakankamai lengva susekti, jei jis tikrai užsisakė iš mūsų."

„Pažiūrėk, ar gali sužinoti kokią nors kitą informaciją iš Katie. Kokių nors idėjų apie tai, kur galėjo būti išvykusi jos motina. Atostogų vietas. Giminaičiai. Draugai. Ką nors."

„Ar būtų geriau, jei ką nors pasiųstumėte? Vaikų apklausų ekspertą?" Abė paklausė. „Be to, kadangi jau siunčiate ką nors, kodėl nepasiuntus jų pasiimti dūšios?" - "Ne.

„Turėsiu tai aptarti su savo viršininkais. Galėtų būti, kaip kitas žingsnis. Kol kas ji pažįsta tave, Benjaminą ir El. Stebėkite ją, neleisdami jai žinoti. Užduokite jai klausimus, jei ji leis, nesumažindami jos pasitikėjimo jumis. Šiuo metu tu esi viskas, ką ji turi. Ji gali būti liudininkė kažko, dėl ko jums visiems gali kilti pavojus".

„Kaip jau sakiau, ji sapnuoja košmarus."

„Teisingai. Trauma gali sukelti košmarus, lunatizmą. Buvimas nepažįstamoje aplinkoje įprastomis aplinkybėmis yra prisitaikymas. Šios toli gražu nėra normalios." Mileris suabejojo. „Pagalvojus, paprašysiu vieno iš savo pareigūnų užsukti su DNR rinkiniu. Pareigūnas paims paprastą Katie seilių tepinėlį. Jei ji norės apie ką nors kalbėti. Turiu omenyje, su kuo nors ne iš savo namų, tuomet mano pareigūnas suteiks jai tokią galimybę“.

„Kokia protinga idėja ir ačiū, kad mane informavai, - pasakė Abė. „Manau, kad kai vaikas buvo paliktas vienas parke, ji galėjo patirti apleistumą. Tačiau tai neturėtų sukelti jokių negrįžtamų pakitimų, ar ne?“

„Priklauso nuo jos polinkio, negaliu pasakyti, Abė. Būtų naudinga, jei patikrintumėte, ar savo bylose turite kokios nors informacijos“.

„Padarysiu.“

„Aš susisieksiu.“

„Ačiū.“

SKYRIUS 37

PAMESTI IR RASTI DAIKTAI

Buvo saulėta popietė, danguje nebuvo nė debesėlio - puiki diena žvejybai.

Džeimsas ir Andrėja Ričardsai plaukiojo savo valtimi Ontarijo ežere, kai ji pastebėjo kažką plūduriuojantį ant vandens. Ji išsitraukė žiūronus ir pažvelgė atidžiau. Tai šokinėjo ir judėjo, bet atrodė kaip moteriška rankinė.

„Prisiekiu Dievu, ten yra rankinė", - pasakė ji vyrui ir padavė jam žiūronus. „Galbūt kažkas buvo nužudytas čia, prie ežero?" Ji krūptelėjo, nors jai buvo šilta, ir apsivyniojo rankas aplink save.

Džeimsas įsmeigė žvilgsnį. „Tu perskaitei per daug Agatos Kristi romanų".

Ji nusišypsojo.

„Bet vis tiek išeikime ir atidžiau pažiūrėkime, kad būtum rami. Juk žuvys šiandien nekibo".

„Ačiū, meile, - tarė ji.

Džeimsas nukreipė valtį plūduriuojančio objekto kryptimi ir po kelių minučių žmona panaudojo žvejybinį tinklą, susirinkdama rankinę. Ištraukusi ją iš tinklo, ji pastebėjo, kad jis vis dar uždarytas. Pasidomėjusi, ar turinys sausas, ji ją atidarė.

„Palauk!" - sušuko jis.

Per vėlai, nes ji ištraukė piniginę. Viskas viduje buvo sausa. Nors dabar, kai apie tai pagalvojo, suprato, kad pažeisdama turinį pasielgė priešingai viskam, ką žinojo iš televizijos ir knygų.

Nesvarbu, tai jau buvo padaryta. Atvertusi piniginę ji rado vairuotojo pažymėjimą, kelias kredito korteles, kūdikio nuotrauką, dantų pastos tūbelę ir dantų šepetėlį (kelioninio dydžio), telefoną su išsikrovusia baterija ir šiek tiek nagų klijų.

„Manau, kad geriau paskambinkime policijai", - pasakė ji.

„Ar turite grynųjų?" Džeimsas paklausė.

„Grynųjų neturiu", - pasakė ji, rinkdama 911 numerį.

Papasakojus policijai, ką rado, jiems buvo pasakyta, kad pareigūnas juos pasitiks pakrantėje. Pora kelias akimirkas dreifavo tyloje, o virš jų galvų klykavo ir gaudė žuvis, kurios šokinėjo aplink juos.

„Žinoma, dabar jos alkanos!" pasakė Džeimsas, užvedęs variklį ir nuvažiavęs į priekį.

SKYRIUS 38

MORGUE

Vėliau, sulaukęs Pattersono skambučio, Mileris nuvyko į morgą.

„Patvirtinome, kad nežinomoji yra ne vyresnė nei dvidešimt ketverių ir ilgą laiką vartoja sunkius narkotikus. Su tokiais pėdsakais ji jau seniai yra narkomanė. Ji taip pat yra pirmapradė".

„Kiek metų būtų vaikui, jei jis būtų gyvenęs?"

„Septynerių, gal aštuonerių."

„Amžius atitinka, - pasakė Mileris. „Kas nors neįprasto jūsų išvadose?"

„Jos pasirinktas narkotikas buvo kokainas. Mirties metu ji nebuvo vartojusi per pastarąsias dvidešimt keturias valandas. Ji vartojo daug - per ilgą laiką susikaupė didelis metabolinis benzoilekgonino kiekis, bet nieko nauja."

„Manote, kad ji bandė atsikratyti įpročio?"

„Labai mažai tikėtina, nebent ji buvo užsiregistravusi geriausioje reabilitacijos įstaigoje."

„Toks švaistymas. Geriau eisiu į biurą. Pranešk man, jei ką nors dar rasi, - pasakė Mileris, eidamas link durų.

„Padarysiu.“

Suskambo Milerio telefonas.

„Kur esi?“ - paklausė jis. „Gerai. Galiu pats jį atnešti. Jokių problemų. Esu pakeliui. Atvažiuosiu, kai tik jį gausiu. Ačiū.“

Mileris susitiko su Ričardsais, kurie perdavė krepšį.

„Kas nutiks, jei niekas nepareikalaus?“ Andrea paklausė.

„Saugosime jį kaip įrodymus, kol kas nors tai padarys, - pasakė Mileris. „Ačiū, kad atidavėte.“

SKYRIUS 39

BENJAMIN IR KATIE

Mileris parašė trumpąją žinutę Abe'ui, nurodydamas pareigūno, kuris atvyks pas Katie ir paims jos DNR mėginį, vardą ir pavardę. Abė paskambino namo ir papasakojo Benjaminui detales.

„Jos vardas pareigūnė Lane ir ji atvyks bet kuriuo metu".

„Kol kas jokių jos ženklų", - pasakė Benjaminas.

„Kai ji atvyks, paprašyk Elės, kad duotų jai puodelį arbatos, ir palauk, kol atvyksiu". Fone jis išgirdo durų skambutį.

„Per vėlu, ji jau čia, o El užsiėmusi su klientais".

„Pasakyk jai, kad uždarytų parduotuvę ir tuoj pat ateitų".

„Gerai."

„Galas ir lauk", - pasakė Abė.

Benjaminas parašė El, kad ji uždarytų parduotuvę ir tuoj pat ateitų į namus. Jis atidarė duris.

„Mano vardas yra pareigūnė Lane", - pasakė ji.

El priėjusi paklausė: „Kas atsitiko skubiai?"

Benjaminas ištiesė ranką.

„Atėjau pasimatyti su Katie", - pasakė Linė. „Ir paimti DNR mėginio".

El ištiesė ranką. Ji pakvietė pareigūną Leiną į gyvenamąją zoną.

„Tai pareigūnas Leinas, Katie".

„Katie, gali mane vadinti Lacey. Turiu čia žmogų, kuris sako, kad pasigedo tavęs". Ji išsitraukė aptrintą pliušinį meškiuką.

Vaiko akys nušvito, kai jis priėmė savo pliušinį. „Edvardai, - sušuko ji. Tada pareigūnei Lacey ji pasakė: „O, ačiū". Meškiukui ji pasakė: „Aš tavęs labai pasiilgau". Ji priglaudė jo veidą prie ausies ir pasakė: „Taip". Po to: „Tikrai?"

Pareigūnė Lane nusišypsojo. „Edvardas - gražus vardas. Džiaugiuosi, kad jūs vėl susitikote. Dabar norėčiau pasikalbėti su tavimi, kad padėtum mums surasti tavo mamą".

„Ar ji pasiklydo?" Katie paklausė susiraukusi.

„Nesame tikri, - atsakė Lacey, - bet tavo pagalba mums tikrai praverstų".

„Ko jums reikia?"

Pareigūnė Lėja įkišo rankinę ir išsitraukė DNR rinkinį. Ji ištraukė lazdelės antgalį ir atidarė indelį, kad įdėtų jį į vidų. „Norėčiau tai įkišti jums į burną ir paimti, kaip mes vadiname, tepinėlį".

„Esu girdėjusi, kad tokius naudoja tik į ausis", - nusijuokė Kati.

„Būtent taip pasakytų mano mažoji mergaitė“, - šyptelėjo Leinas.

„Koks jos vardas?“

„Jos vardas Jemma, bet mes ją vadiname Džema.“

„Koks gražus vardas, kaip brangakmenis“, - šyptelėjo Katie.

Pareigūnas nusišypsojo. „Jis minkštas, todėl neskaudės. Paleisiu jį tau į burną, tada įdėsiu į šį konteinerį ir išsiųsime į laboratoriją.“

„Jei bijai, Katie, - pasakė Benjaminas, - pareigūne Lane, pirmiausia gali man paimti tamponą, kad pamatytum, koks jis yra“.

„Aš nebijau, - pasakė Katie.

Pareigūnas paėmė mėginį, tada ant etiketės užrašė Katie vardą. Ji uždėjo ją ant konteinerio. „Kada tavo gimtadienis? Ir kiek tau metų?“

„Rugsėjo 1 d., man septyneri su puse“.

Baigusi tyrimą, pareigūnė paklausė kitų, ar gali su Katie pasikalbėti viena.

„Jums nereikia, - pasakė Benjaminas. „Jei nenori.“

„Jis teisus, Katie. Tu neprivalai, - pasakė Lane. „Tu juk nori mums padėti, surasti savo mamą, ar ne? Turiu omenyje, jei galėtum padėti, juk norėtum, ar ne?“

Katie pažvelgė į El.

„Ko tik neprašai, - pasakė El. „Žinoma, ji nori padėti, bet juk ji dar tik vaikas.“

Katie linktelėjo pareigūnei Lane ir nusivedė ją į savo kambarį, kur parodė savo lėlę ir pradėjo apie ją pasakoti.

„Markai, šią lėlę man nupirko ponas Vileris, per Kalėdas, kaip staigmeną. Jis visada atvažiuodavo ir atnešdavo man staigmenų".

„Ar jis buvo malonus?"

„Taip", - atsakė Katie.

„Ar dar ką nors nori man papasakoti?"

„Jis ir mano mama kartais būdavo laimingi." Ji nusuko akis į šalį. „Kitais kartais jie pykdavosi, ir jis išeidavo".

„Ar tavo mama verkė? Kai jis išeidavo?"

„Taip, kol mes išėjome gerti pieno kokteilių".

„Tau patinka pieno kokteiliai?"

„Taip, braškių - mano mėgstamiausias".

„O kas tada būtų nutikę?" Lėja pasiteiravo.

„Jis siųsdavo dovanų mano mamai, o kartais ir man".

„Labai mielas iš jo pusės", - pasakė Leinas, žaisdamas su lėlės plaukais, o paskui su Katie plaukais.

„Jie nesijaučia taip pat", - pasakė Katie. „Mano yra minkštesni."

„Tu teisi."

„Taip yra todėl, kad Elė mano plaukus tepa specialiu kondicionieriumi ir kiekvieną vakarą prieš miegą juos iššukuoja penkiasdešimčia potėpių. Ji sakė, kad suaugusiesiems reikia šimto glostymų, o vaikams - penkiasdešimties". Katie nusikvatojo.

Pareigūnas Lane'as pažvelgė į užklijuotą langą: „Kas čia atsitiko?"

„El sakė, kad lunatikuoju. Aš neprisimenu."

„Ar kada nors anksčiau lunatikuodavai?“

„Nemanau“, - atsakė Katie. „El uždėjo man tvarsčius. Ji yra kvalifikuota slaugytoja. Mano mama norėjo būti mokytoja, bet...“

„Kas ją sustabdė?“

„Aš, gimusi“, - pasakė Katie. Ji padėjo lėlę atgal ant lovos ir paklausė: „Ar yra dar kas nors? Kas padėtų surasti mano mamą?“

„Man įdomu, ar turi kokių nors tetų ar dėdžių, senelių, draugų, pas kuriuos tavo mama galėjo išvykti gyventi? O kaip dėl tavo tėčio?“

„Mamytė turi seserį, bet aš jos niekada nepažinojau. Mama vyresnė. Niekada nepažinojau savo senelių. Niekada nepažinojau savo tėčio.“

„Kur gyvena tavo mamos sesuo? Gal galėtume jai paskambinti?“

„Nežinau.“

„Ar kada nors gyvenote kur nors kitur?“ Lacey paklausė.

„Ne.“ Katie pažvelgė į savo kojas. „Atsiprašau, kad nelabai galiu padėti.“

Pareigūnė Lėja paglostė jai galvą: „Nežinau, kartais mes žinome daugiau, nei manome, kad žinome. Mąstyk toliau.“

„Dar kartą ačiū už mano dūšią“.

„Man malonu.“

Pareigūnė Lane su mėginiu nuėjo į laboratoriją ir įtraukė jį į prioritetinių darbų sąrašą. Po trumpo pokalbio jai pavyko pastumti jį į viršų. Ji grįžo į nuovadą.

$$***$$

Mileris sulaukė pareigūno Lane skambučio.

„Kaip ir prašiau, nuvežiau Kati Walker DNR mėginį tiesiai į laboratoriją. Jie atliko palyginimą su moterimi morge - jie sutampa.“

„Nekantrauju pasidalyti šia žinia. Tai blogiausia baigtis.“

„Jei tau manęs reikės, eisiu kartu su tavimi, kad palaikyčiau“.

„Ačiū už pasiūlymą, bet dabar yra metas, kai mūsų personalo konsultantas bus labai naudingas. Neturėjome priežasties dažnai ja naudotis, nes ji dirba ne darbo vietoje. Man neteko daug bendrauti su patarėja Briggs, o jums?“

„Net nebuvau susitikęs su šia moterimi, - atsakė pareigūnas Lane'as.

„Spėju, kad būsiu pirmoji, kuri dirbs su ja iš mūsų stoties.“

„Kad ir kas nutiktų, seržante, ji turėtų būti gerai apmokyta su tuo susitvarkyti“.

„Tikrai to tikiuosi. Ačiū, ir iki pasimatymo stotyje". Jis atsijungė supratęs, kad telefone neturi Eleonoros Briggs numerio. Jis vėl paskambino į stotį ir paprašė registratūros pareigūno surasti numerį. Jis įvedė informaciją į savo telefoną, paskambino Briggs ir supažindino ją su situacija.

„Galiu būti pasiruošusi, kai tik jums prireiks", - nurodė Briggs.

„Gerai, užsuksiu pas jus maždaug po penkiolikos minučių", - pasakė Mileris ir apsisuko. Jis negalėjo liautis galvojęs apie Katie. Ši žinia sudaužytų jai širdį.

Nenoromis jis surinko Abės numerį ir supažindino jį su situacija.

***

Benjaminas jautė klaustrofobiją ir norėjo, kad parduotuvė atsidarytų. Tai būtų malonus išsiblaškymas. Jis parašė SMS žinutę Abei: „Kur tu esi?"

Ebė jau buvo beveik namie, kai gavo žinutę, tada paskambino seržantas Mileris.

„Turiu liūdnų naujienų apie Kati motiną. Jos kūnas rastas netoli viaduko".

„Savižudybė?"

„Tai neatmesta."

„Gerai. Iš tiesų neįtikėtinai liūdnos žinios. Vargšė Katie. Ar dabar turėčiau jai apie tai pasakyti? Aš kaip tik einu į vidų."

„Ne. Aš ir patarėjas ateisime pasakyti Katie. Ar tu, Benjaminas ir El dalyvausite? Jai reikės jūsų palaikymo."

„Taip. Tokia liūdna baigtis. Žinoma, mes visi dalyvausime."

Atvykęs namo, jis nuėjo į šeimos kambarį ir pamatė Katie, prisiglaudusią prie pliušinio žaislo. „Kas tai dabar?" - paklausė jis.

„Tai meškiukas Edvardas, mano pliušinis".

„Norėčiau pažiūrėti iš arčiau, jei gali nubėgti į mano kambarį ir atnešti akinius".

Katie išskubėjo ir nužingsniavo į koridorių. Jis mostelėjo Benjaminui ir El arčiau ir pranešė jiems liūdną naujieną.

Vargšė Katie, - su ašaromis akyse tarė Elė.

" Benjaminas nieko neatsakė.

„Seržantas Mileris atvažiuoja su patarėju, kad papasakotų Katie. Jie norėtų, kad mes būtume čia ir ją palaikytume. Konsultantė suvaldys situaciją, ji apmokyta padėti vaikams traumuojančiose situacijose".

„Katie bus sudaužyta širdis, vargšelė. Kas su ja bus?"

„O kai jai pasakys, kas tada?" Benjaminas gūžtelėjo pečiais. Jo kūnas susmuko į save, tarsi ką tik būtų gavęs smūgį į pilvą. „Ar jie ją išveš, išsiųs gyventi pas globėjus - turiu omenyje, pas svetimus žmones?"

„Ji čia laiminga, - pasakė Elė.

„Išskyrus tą incidentą su langu ir košmarus", - pasakė Abė.

„Tai bus ne mūsų rankose, kai ji sužinos, kad motinos nebėra. Ji gali turėti giminaičių, - pasakė El.

„Jei ne, ji pateks į globos sistemą. Ji negali patekti į sistemą, - pasakė Benjaminas.

„Ji pas mus buvo kelias dienas, seržantas Mileris užtikrins, kad Katie būtų prioritetas, o jis mus pažįsta."

„Mes mylime Katie, - pasakė Elė.

Katie atėjo į kambarį su Abės akiniais. Jis pasilenkė, kad ji galėtų juos uždėti jam ant veido.

„Ačiū, mažoji, - pasakė jis ir paglostė jai galvą.

Abė, El ir Benjaminas sudarė ratą, kurio viduryje buvo Katie. Jie pakėlė ją į viršų ir suko aplink ir aplink. Ji kikeno, atlošė galvą ir įsivaizdavo, kad skraido.

SKYRIUS 40

BLOGOS NAUJIENOS

Jų linksmybes nutraukė beldimas į duris. Jie paguldė Katie ant grindų, tada Benjaminas ir El atsistojo už jos. Kiekvienas iš jų laikė ranką jai ant peties. Abė nuėjo atidaryti durų ir po akimirkos grįžo su seržantu Mileriu ir patarėju.

Benjaminas stipriau suspaudė Katie petį.

„Jūs visi mane pažįstate, - pasakė seržantas Mileris. „Išskyrus tave, Katie, aš esu senas Julijaus draugas". O tai yra patarėjas Briggsas. Ji dirba su manimi policijos nuovadoje".

Abė paspaudė vyrišką Briggs ranką, o Katie, El ir Bendžaminas liko ten, kur buvo.

„Jūs turite gražius namus, - pasakė Briggsas Elio link.

Briggs buvo beveik tokio pat ūgio kaip Mileris, o su tokiais pečiais ji atrodė taip, lyg galėtų žaisti „Packers" komandoje linijiniu gynėju. Jos braškiniai plaukai atrodė taip, tarsi ji būtų įkišusi pirštą į lizdą, o tada užtepusi plaukų lako. O jos veidas, užuot buvęs apvalus ar ovalus, dėl kirpčiukų, plaukų ir kaklo trūkumo buvo kvadratinis. Jos nosis buvo ne centre, todėl niekada negalėjai būti tikras, ar jos sukryžiuotos žalios akys žiūri į ją, ar į tą, su kuriuo kalba. Briggsas žengė link Katie, kuri pasislėpė už Bendžamino ir El.

Mileris tarė: - Katie, patarėja Briggs, Eleonora, norėtų tau kai ką pasakyti. Tai svarbu."

Katie liko stovėti ten, kur buvo, kol Benjaminas ir El paėmė ją už rankų.

„Aš jai pasakysiu", - pasakė El ir kartu su Bendžaminu nuvedė Katie link kėdės. Kai jie atsidūrė akis į akį, El pasakė: „Katie, mieloji, tavo mama iškeliavo į dangų".

Įsiterpė Briggsas. „Tavo mama mirė, Katie."

El paėmė Katie ant rankų.

„Katie, - pasakė Briggsas, pasilenkęs paliesti jos nugaros. „Supranti? Apie savo motiną? Ką nors, ko norėtum manęs paklausti? Nieko baisaus, jei norėtum verkti".

Nieko nesakiusi Katie perėjo per kambarį, kur ištiesė rankas ir ėmė suktis. Ji atrodė taip, tarsi apsimetinėtų vėjo malūnu.

„Ji nemirė", - dainavo ji pagal pernelyg gerai pažįstamą melodiją - Frere Jacques.

Benjaminas, kurio skruostais riedėjo ašaros, paėmė ją ant rankų.

Visą tą laiką Katie šaukė: „Ji ne mirusi! Ji nemirusi!", daužydama savo mažyčius sugniaužtus kumščius jam į krūtinę.

Benjaminas leido jai išlieti visą skausmą, naudodamasis juo kaip bokso maišu. Kai iš jos nebeliko jokių emocijų ir ji išsekusi susmuko jo rankose kaip skudurinė lėlė. Jis nunešė ją į kambarį ir paguldė į lovą. Ji užmerkė akis. Kartkartėmis prasiverždavo ašaros, jis jas nušluostė ir laikydamas ją už rankos stebėjo, kaip ji užmiega.

Koridoriuje Briggsas kreipėsi į El: - Dabar Katie yra teismo globotinė. Jie nuspręs, kas jai geriausia."

„Ji ką tik neteko mamos, - pasakė El ir suspaudė kumščius taip stipriai, kad nagai prasiskverbė pro odą. „Kokia tu moteris?"

„Oho. Ji tik dirba savo darbą, El, - pasakė seržantas Mileris.

„Jums reikės teismo nutarties, kad išvytumėte ją iš mano namų", - pasakė Abė.

Seržantas Mileris žvilgtelėjo į savo seną draugą. „Palauk, Abė. Mes neketiname įsiveržti į jos kambarį ir išplėšti ją iš lovos. Ji ką tik neteko motinos ir mes to nepadarytume nei jai, nei jokiam kitam vaikui, nei dabar, nei kada nors. Be to, ji pažįsta tave ir jai geriau būti pažįstamoje vietoje su žmonėmis, kuriais pasitiki ir kuriuos pažįsta".

„Dabar ji yra mūsų šeimos dalis, - pasakė Elė.

„Taip, bet ji nėra tavo vaikas, - pasakė Briggsas. „Be to, yra įstatymai ir protokolai, kurių reikia laikytis".

„Tu esi šalta moteris, - pasakė El, įsistebeilijusi Briggsui į veidą.

Mileris atitraukė juos vieną nuo kito. „Aš su ja pasikalbėsiu, - pasakė jis El. Tada Brigsui: „Galime apie tai pasikalbėti lauke".

Briggs uždėjo rankas ant klubų. „Žinoma, galime tęsti šią diskusiją lauke."

Ji žengė žingsnį durų link, tada pasakė El ir Abui: „Taigi, jūs žinote apie procedūrą. Kai tik pateiksiu dokumentus, teisėjas nuspręs, koks bus kitas žingsnis. Įprastinė procedūra yra ta, kad vaikas turi būti perduotas. Paprastai per artimiausias dvidešimt keturias ar keturiasdešimt aštuonias valandas. To nepadarius, gresia bauda už trukdymą, pavojaus sukėlimą ir galbūt net kalėjimas. Viskas priklauso nuo teisėjo, kuriam paskirta Katie byla." Ji atsuko jiems nugarą ir pasuko link išėjimo.

„Jos vardas Katie, - pašaukė Elė paskui ją.

Mileris labai atsiprašinėjo, sekdamas paskui Briggsą pro duris.

SKYRIUS 41

MILLER IR BRIGGS

Mileris atidarė savo kreiserio dureles. Įėjęs į vidų jis jas užtrenkė. Porą kartų giliai įkvėpęs, jis atrakino keleivio dureles ir įleido Briggsą į automobilį. Jai prisisegus saugos diržą, jis sugniaužtais kumščiais trenkė į vairą. „Nereikėjo būti tokiai griežtai jų atžvilgiu“.

„Jie pernelyg prisirišo, prie vaiko, kuris nėra jų. Vaikas, kuris priklauso šeimai, o ne atsitiktiniams nepažįstamiems žmonėms. Jai labiau nei bet kada reikia būti su kraujo giminaičiais, o ne tariamais giminaičiais.“

„O jei nėra kraujo giminaičių?“

Briggs papurtė galvą. „Jei neieškosime, niekada nesužinosime. Mūsų pareiga vaikui - jų ieškoti. Nepalikti akmens ant akmens. Užtikrinti, kad ji gautų geriausią priežiūrą su žmonėmis, kurie padės jai susidoroti su sielvartu.“

„Jie ją myli, padarė ją savo šeimos dalimi, o aš juos pažįstu jau daugelį metų.“

„Žinau, kad pažįstate, bet kažkas yra. Kažkas negerai. Negaliu to įvardyti pirštu, bet tai yra."

Išvažiuodamas iš važiuojamosios dalies Mileris dar kartą giliai įkvėpė. „Bet jei ne jie, ji galėjo būti pagrobta arba nužudyta. Jie ją išgelbėjo, išgelbėjo. Dievas žino, kas jai būtų nutikę, jei visą naktį būtų buvusi palikta viena prie krantinės. Jūs žinote, kokia ši vietovė būna sutemus. Narkomanai ir prostitutės. Tam vaikui velniškai pasisekė, kad Juliaus šeima ją surado, priglaudė ir elgėsi su ja kaip su savo vaiku."

„Suprantu, iš kur jūs einate, seržante Mileri, bet net ir jūs turite suprasti, kad vaikas čia turi būti prioritetas. O aš turiu vadovautis savo instinktais".

Jis buvo toks piktas, kad negalėjo kalbėti, todėl vietoj to įsirėmė nagais į odinę vairo apsaugą, o ji toliau bambėjo.

„Jūs jau daug metų dirbate policijoje, o jūsų reputacija puiki. Ir vis dėlto leidžiate savo emocijoms žaisti su jumis. Kiek girdėjau, leidote policijai apmokėti sąskaitą, ieškodamas vaiko, kurio buvimo vietą žinojote kelias dienas? Spaudai net apsimetėte, kad vis dar ieškome ne tik jos motinos, bet ir Katie. Kaip puikiai žinote, abiem atvejais jūsų veiksmai prieštaravo procedūroms."

Mileris dar labiau įsirėmė nagais į vairo apsaugą. Jis sulaikė kvėpavimą ir susikoncentravo į kelią. Jei to nepadarytų, jis labai supyktų ir... nenorėjo prarasti kontrolės, kai ji perjunginėjo jo jungiklį. Bandydama priversti jį prarasti šaltakraujiškumą, kvestionuodama jo sąžiningumą. Jis buvo jos viršininkas, visais atžvilgiais, ir vis dėlto čia ji lėkė kaip...

„O, aš suprantu", - pasakė ji. „Jie yra tavo draugai, ir jie negali turėti vaiko, taigi, štai, štai ir visų vaikas, kurio niekas nenori."

Mileris nuspaudė stabdžius, kai šviesa iš gintarinės tapo raudona. „Kaip manai, su kuo kalbi?" - pareikalavo jis. „Visų pirma, niekas, kaip jūs vadinate, „nepateikia sąskaitos". Tiesą sakant, aš laikiausi protokolo ir pranešiau D.P.C. apie tai, kad Katie apsistojo pas Abą ir jo žmoną. Jis liepė man stebėti situaciją, ką aš ir padariau. O kai į tai įsitraukė RCMP, pranešiau jiems, kur ji yra. Aš laikausi protokolo."

Ji papurtė galvą: - Atsiprašau, tai nėra asmeniška. Sistema tam ir egzistuoja, kad apsaugotų tuos, kurie negali apsisaugoti patys."

Jis pritarė jos paskutiniam teiginiui linktelėdamas galva, žinodamas, kad tai tiesa. Palikti Katie ten, kur ji buvo, buvo prasminga, tačiau Briggsas buvo teisus dėl vieno dalyko - taisyklės yra taisyklės. Faktai buvo tokie: pora buvo pagyvenusi, o tai galėjo paveikti teismus.

„Tai mano jurisdikcija, - pasakė Mileris. „Nešūkaliok prieš mane taisyklių rinkinio. Aš vadovavausi taisyklėmis, o jus dar stumdė vežimėlyje".

Briggsas nusijuokė.

Jis tęsė, dabar jau ramesnis. „Sistema turi trūkumų, vaike, Katie nepasiklydo sistemoje. Ji buvo atiduota Džulijų šeimos, kuri yra mūsų bendruomenės ramstis, globai."

Brigis kurį laiką tylėjo. „Atiduota - tai žodis, kuriam prieštarauju. Vaikas nėra šuniukas, kurį galima atiduoti. Teisėjas turi išnagrinėti faktus ir nuspręsti šią bylą. Teisėjas viską matys juodai ir baltai. Jiems nedarys įtakos emocijos".

„Aš laiduočiau už Abą ir Elę. Po velnių, jei mirčiau, negalėčiau sugalvoti geresnės poros, kuri prižiūrėtų mano paties vaikus - tai yra, jei jie dar būtų vaikai. Mano visi jau užaugo."

„Tai ne apie jus, seržante Mileri. Tai ne jūsų kova."

Mileris tylėjo. Ji buvo teisi dėl kito dalyko: tai nebuvo jo kova. Vis dėlto jis pažinojo Abą ir jo šeimą.

Mileris nuvežė Briggs prie jos pastatyto automobilio ir nuvyko į nuovadą. Ji jį taip supykdė, įsiutino. Labiausiai jis nekentė to, kokia ji buvo teisi. Viena vertus, daugumai teisėjų nerūpėtų, kas yra Abė ir El ir kiek jiems metų.

Kita vertus, jiems nerūpėtų ir vadinamieji patarėjo Brigso instinktai. Ypač ne, jei jis ten patektų ir pirmas užstotų Džulijų. Jis pamanė, kad Briggsui prireiks mažiausiai trisdešimties minučių, kol grįš į kabinetą. Plius minus, priklausomai nuo eismo intensyvumo. Per tą laiką jis parengė veiksmų planą.

Grįžęs į biurą Mileris spustelėjo duomenų bazę ir perskaitė pareigūno Leino ataskaitą. Jis įvedė atnaujintą papildymą:

data, laikas. Seržantas Aleksas Mileris ir patarėja Eleonora Briggs susitiko prie Džulijų šeimos namų, kuriuose Katė Volker gyveno nuo tada, kai jos motina dingo Data, laikas. Su Abe, jo žmona El ir jų globojamu sūnumi - jis rašė per globėją - pridūrė priėmė.

Jis sustojo, nebūdamas tikras, ar berniukas vis dar globojamas, ar įvaikintas. Jis iš naujo įrašė globotinis, o Katie buvo pranešta apie motinos mirtį.

Mano nuomone, vaikas turėtų likti Džulijų šeimoje. Ji juos pažįsta ir yra įgijusi pasitikėjimą. Jos perkėlimas šiuo sielvarto metu į nepažįstamą aplinką, pas žmones, kurių ji nepažįsta, būtų žiaurus ir nereikalingas pokytis, be to, tai gali turėti pasekmių mergaitės galimybėms išgyventi mamos netektį.

Jis nustojo spausdinti ir perskaitė dar kartą. Jis jautė poreikį atkreipti dėmesį į Brigės nuojautą. Tiesa buvo tokia, kad vienintelis žmogus, kuris nuliūdino vaiką, buvo pati Briggs.

Jis spustelėjo failą uždaryti.

Mileris paskambino savo draugui teisėjui Andersui, kuris pasiūlė paskirti parengiamąjį posėdį. Andersas sutiko, kad nėra pagrindo iškraustyti vaiką.

„Paprašykite pareiškėjos atvykti į teismą po valandos", - pasakė Andersas. „Ir mes galėsime viską išjudinti".

„Ačiū", - atsakė Mileris. Jis pakabino ragelį ir paskambino Abe'ui, paaiškindamas, kaip skubiai reikia atvykti į teismą. „Susitikite su manimi prie įėjimo, kuo greičiau. Kartu susitiksime su teisėju Andersu jo rūmuose ir sutvarkysime dokumentus". Jis suabejojo, paskui tęsė. „Aš paprašiau paslaugos, kurios, tikiuosi, užteks, kad galėtum pasilikti su savimi Kati, - pasakė Mileris. „Taigi, nevėluokite."

„Jau pakeliui, - pasakė Abė ir užsisakė taksi. Vos įlipęs į automobilį, dar nespėjęs užsisegti saugos diržo, jis liepė vairuotojui kuo greičiau nuvežti jį į teismą.

„Jei gausiu baudą, sąskaitą turėsite apmokėti jūs", - pasakė vairuotojas.

„Aš nesiūlau jums pažeisti įstatymo, tiesiog žengti į jį ir vengti labiausiai apkrautų maršrutų."

„Žinoma, kad taip", - atsakė vairuotojas.

***

Dabar, grįžusi į savo kabinetą, Eleonora Briggs naršė vaiko, vardu Katie Walker, bylas internete. Bingo, ji rado neseniai pareigūnės Lacey Lane parašytą ataskaitą. Joje L. Lane teigė, kad Katie sapnuoja košmarus ir lunatikuoja. Vieną kartą ji netgi save žalojo. El Julius ją prižiūrėjo nekviesdama greitosios pagalbos, teigdama, kad yra kvalifikuota slaugytoja.

Prie originalaus dokumento ji įrašė tokį priedą:

Data, laikas. Konsultantė Eleonora Briggs ir seržantas Aleksas Mileris lankėsi Juliaus namuose, kur Katie Walker buvo pranešta apie motinos mirtį. Taip pat dalyvavo Abė, Elė ir Bendžaminas Džuliusai.

Katie gyveno pas juos nuo motinos dingimo Date. Vaikas šią žinią priėmė taip gerai, kaip tik buvo galima priimti tokiomis aplinkybėmis.

Tačiau El Julius tapo priešiškai nusiteikęs, kai Briggsas pabandė tiesiogiai bendrauti su vaiku. Perskaičius pareigūnės Lane ataskaitą, šio patarėjo nuomone, minėti košmarai galėjo būti tiesioginė pernelyg motiniško Elžbietos Julius elgesio su vaiku pasekmė. Tai kelia nerimą, nes Katie motina iki šiol - buvo laikoma gyva. Todėl rekomenduoju, kad Katie Walker būtų nedelsiant pašalinta iš Juliusų namų. Pageidautina, kad ji būtų perkelta į namus su kraujo giminaičiu.

Ji nustojo spausdinti ir akimirką susimąstė. Ar perskaičius šią informaciją paaiškėjo, ką ji nujautė? Ji nusprendė, kad ne. Vis dėlto dabar ji turėjo daugiau informacijos, kuri sustiprins jos argumentus.

Briggs buvo įsitikinusi, kad dauguma teisėjų atsižvelgs į jos rekomendacijas ir perduos mažąją Katie Walker provincijos globai.

Ji paspaudė SEND.

SKYRIUS 42

BRIGGS JĄ PRALEIDŽIA

Teisėjo Anderso biure dirbęs draugas buvo skolingas Eleonorai Briggs. Ji paskambino ir supažindino ją su situacija. „Šunsnukis", - sušuko Briggs. Andersas nebuvo iš tų teisėjų, kuriems galima paskambinti ir derėtis. Su juo buvo galima bendrauti tik akis į akį. Ji išbėgo iš pastato, nusileido į savo automobilį ir nuvažiavo į teismą.

Briggs negalėjo patikėti, kad Mileris kreiptųsi į teisėją, juolab į tokį, su kuriuo niekada nematė akis į akį. Nors pasvarsčiusi ji nemanė, kad Mileris žinotų, jog jiedu susikibę galvomis. Kita vertus, apygardoje sklido kalbos. Žmonės kalbėjosi. Spėliojo kaip ir bet kurioje kitoje karjeroje. Tai buvo pernelyg didelis sutapimas.

Mileris turėjo žinoti. Ji pasuko už posūkio, girgždėdama padangomis, kai užsidegė geltonas šviesoforo signalas.

Ji trenkė kumščiais į vairą. Ji vis dar negalėjo patikėti, kad būtent teisėjas Andersas posėdžiavo šiame parengiamajame posėdyje. Jis buvo gerai žinomas dėl savo atlaidumo ir mėgo istorijas, kurios traukė už širdies stygų. Jis buvo geras, sąžiningas ir teisingas teisėjas, tačiau širdį nešiojo ant rankovės - kai kurie manė, kad tai geriausia jo, kaip teisėjo, savybė. Brigsui laikytis taisyklių pagal taisykles buvo vienintelis būdas dirbti. Jei tik Andersas būtų žinojęs apie košmarus ir tai, kad ponia Džulijus apsimeta slaugytoja, - tai galėjo viską pakeisti.

Briggsas pasiekė teisėjo kabinetą, kaip tik tuo metu, kai Mileris ir Abė išeidinėjo iš jo.

„Tu pavėlavai, - pasakė Mileris. „Teisėjas Andersas patenkino mūsų prašymą, kad Kati liktų pas Džuliusus vienam mėnesiui. Pasibaigus terminui jis vėl svarstys bylą“.

Briggs prasibrovė pro du vyrus, įėjo į Anderso rūmus ir uždarė už savęs duris.

„Jam nepatiks, kad jį antrina“, - pasakė Mileris, kai jis ir Abė išėjo iš pastato.

SKYRIUS 43

ABE IR MILLER

Važiuodamas namo, Mileris buvo patenkintas rezultatu. Vienintelis dalykas, kuris galėtų pakeisti Katie padėtį per artimiausią mėnesį, būtų tai, jei atsirastų giminaitis. Priešingu atveju vaikas liktų jų globoje neribotam laikui.

Abė tylėjo, kol automobilis sustojo prie jo namų. „Kas nutiks, jei Briggs pasieks savo ir Katie bus išsiųsta gyventi su visiškai svetimais žmonėmis?"

„Laimėjome mums palankų teismo sprendimą, dabar dėl to nesijaudinkime".

„Bet aš nerimauju. Esu tikras, kad Benjaminas ir El taip pat nerimaus. Ar turėtume pasakyti vaikui, kad ji gali būti su mumis tik mėnesį? Kad ją paruoštume?"

„Mėnuo tokiai mažai mergaitei kaip Katie yra ilgas laikas, - pasakė Mileris. „Ir ji vis dar sielvartauja dėl motinos."

„Laukia sunkus kelias, bet ačiū", - išlipdama iš automobilio tarė Abė. Jis mojavo ranka, kai seržantas Mileris nuvažiavo.

SKYRIUS 44

KATIE

Pabudusi Katie žiūrėjo į lubas. Mažyčiai rožių žiedlapiai šiandien atrodė dar gražiau, kai juos apšvietė saulė. Ji stebėjo raudonus žiedlapius, šokančius ore, besisukančius ir skraidančius kaip filme.

Šalia jos kietai miegojo Elė, o Benjaminas miegojo ant kėdės. Ji prisiminė, kad nutiko kažkas nuostabaus, o paskui kažkas ne tokio nuostabaus.

Ji užmerkė akis ir stengėsi prisiminti ir tai, kas buvo gera, ir tai, kas buvo bloga. Ji galvojo apie vyrą su policijos uniforma ir baisią moterį. Ji krūptelėjo prisiminusi, kad moteris ją sugriebė.

Tada ji prisiminė. Blogoji moteris sakė, kad jos mama mirė, bet taip nebuvo. Ji verkė.

Benjaminas ir El uždengė vaiką ant rankų.

„Ji nemirė, - pasakė ji ašarotomis akimis.

„Viskas bus gerai", - kovodama su ašaromis pasakė Elė.

„Mes esame šalia tavęs", - nuramino Benjaminas.

Benjaminas žinojo, kad negali panaikinti jos skausmo, jis buvo jos ir tik jos. Jis pats buvo patyręs tokį pat netekties skausmą. Būtent taip jis žinojo, kad gali jai padėti, dalydamasis jos skausmu, kaip kad seniai, seniai, seniai dėl jo padarė Abė. Tuomet jis išliejo savo skausmą į Abė, o dabar leis Katie išlieti savo skausmą į jį.

SKYRIUS 45

DAUGIAU KATIE

Įėjęs į vidų, Abė rado Benjaminą ir El Katie kambaryje.

„Man reikia su tavimi pasikalbėti, El", - sušnabždėjo jis.

Ji išėjo, palikdama Benjaminą ir Katie su pravertomis durimis.

Abė paėmė žmoną už rankos ir nusivedė ją į koridorių.

„Ar jie ją išveža iš mūsų?" - paklausė ji.

„Eik kartu į virtuvę, kai galėsime tinkamai pasikalbėti".

Benjaminas pabudęs klausėsi, kol jie atsitraukė į virtuvę.

„Ne, šiandien mes laimėjome, ji gali likti su mumis dar bent mėnesį, o gal ir neribotą laiką."

„Džiaugiuosi, kad jos nereikės perkelti. Ji nėra tokios būklės, kad būtų išvežta gyventi su svetimais žmonėmis. Negalėčiau to pakęsti."

„Tai tik laikina, bet seržanto Millerio advokatavimo dėka tai yra laimėjimas.“

„Turime pasakyti Benjaminui.“

Jie nuėjo į Katie kambarį. Ji miegojo, o Benjamino niekur nebuvo. Grįžusi į Katie kambarį, Elė paglostė mergaitės galvą. Ji atmetė antklodę: tai buvo lėlė, o ne Katie. „O ne!“ - sušuko ji.

Pagyvenusi pora apieškojo visus namo kambarius, paskui nuėjo į sodą. Vis dar nebuvo nei Katie, nei Benjamino pėdsakų.

„Kur jie galėjo dingti?“ paklausė Elė.

„Nežinau“, - atsakė Abė.

„Ji buvo tokia sutrikusi. Mes ją nuraminome tik prieš tau paprašant su manimi pasikalbėti“. Ji krūptelėjo. „Galbūt Benjaminas manė, kad jie ją išsiveš, todėl, prieš jiems tai padarant, ją pasiėmė. Kai mane pašaukėte iš kambario... Jis turbūt pagalvojo“. Ji verkė susiėmusi už rankų.

„Jie negalėjo toli nueiti.“

SKYRIUS 46

BENJAMIN IR KATIE

Jis paėmė ant rankų miegantį vaiką ir įsėdo į užsakytą taksi.

„Mano sesuo užmigo, kol spėjau ją parvežti namo", - paaiškino jis.

Vairuotojas gūžtelėjo pečiais.

Benjaminas glostė miegančią Katie plaukus. Pasiimti ją buvo vienintelis būdas užtikrinti jos saugumą. Visur aplinkui tykojo pavojai. Pavojai, nuo kurių tik jis galėjo ją apsaugoti.

Po keturiasdešimt penkių minučių, kitoje miesto pusėje. „Galite mus čia išlaipinti", - pasakė Benjaminas.

„Ji tikrai gerai miega", - pasakė vairuotojas. Jis išlipo ir atidarė duris. Benjaminas įbruko jam į ranką keletą banknotų.

Prie durų stovėjęs vyras jas atidarė, o jis paėmė raktą. Lifte Kati akimirką sujudėjo, paskui vėl užmigo.

Atvykęs į septintą aukštą, jis atidarė duris ir atsargiai paguldė ją ant lovos. Jis užtraukė užuolaidas, užklojo ją antklode ir atsisėdo ant kėdės šalia lovos. Jis užsnūdo.

„Kas atsitiko? Kur aš esu?" Kati klausė trindama akis ir bandydama išlipti iš lovos. Nepajėgdama to padaryti, ji liko gulėti ant pagalvės. Praėjo kelios valandos, ir ji atsidūrė nepažįstamoje vietoje. Vietovėje, kuri kvepėjo saldainių siūlu ir degintais skrebučiais.

Benjaminas palaukė, kol Katie atsipeikės, ir tik tada ją pakalbino. Kadangi vaistai, kuriuos jis jai davė, suveikė, jis galėjo su ja pasikalbėti. Paaiškinti. Išlaikyti ją ramią.

Jis nenorėjo, kad ji rėktų. Jei ji rėktų, kas nors galėtų ją išgirsti. Tuomet jam tektų ją sužeisti. Jis nenorėjo jos skaudinti.

SKYRIUS 47

ABE IR EL

„Manau, geriau paskambinkime seržantui Mileriui ir praneškime jam", - pasakė Abė.

El jį sustabdė. „Kodėl? Viskas bus gerai. Jis ją sugrąžins. Ji toli nenueis, ne be savo lėlės".

„Turiu dėl to blogą nuojautą", - pasakė Abė. „Skambinu seržantui Mileriui." Jis atsistojo ir nuėjo prie telefono. Pakėlė jį ir pradėjo rinkti numerį.

„Tu teisus, Abe". Ji priėjo arčiau jo kaip tik tuo metu, kai vyras padėjo telefoną ir atsisukęs nugara nuėjo. „Mes turime būti tie, kurie apie tai praneš. Abu vaikai yra dingę."

Ji sekė vyrui iš paskos. „Tai mūsų atsakomybė. Turime surasti vaikus, ir greitai".

„Ir mes tai padarysime, nereikia panikuoti."

„Galbūt", - pasakė Elė, o Abė vėl padėjo telefono ragelį. „Galbūt. Bet..." El žengė prie lauko durų. „Einu į lauką, kad juos iškviečiau. Galbūt jie slepiasi. Žaidžia slėpynių."

Abė sugavo ją už rankos. Patraukė ją atgal į vidų, į kambarį.

Elė tylėdama stebėjo, kaip jos vyras žingsniuoja ir su kiekviena akimirka vis labiau jaudinasi.

SKYRIUS 48

KATIE

Ant kėdės šalia lovos sėdėjo Benjaminas. Jis atrodė panašus į Benjaminą, o paskui ne. Jis buvo visas neryškus ir tolimas.

Kur buvo Elė? Kur buvo Abė?

Ji pažvelgė į lubas, šiame kambaryje nebuvo šokančių rožių žiedlapių. Kambarys ėmė suktis, kai jos skrandis pakilo iki gerklės.

Benjaminas buvo šalia jos, laikydamas ledo kibirą, į kurį ji vėmė. Kai ji baigė, jis nuėjo į vonios kambarį ir nuleido kibiro turinį į klozetą. Jis paleido vėsų vandenį ant šluostės ir grįžęs uždėjo ją vaikui ant kaktos.

„Dabar jau geriau?" - paklausė jis, kai suvibravo jo telefonas. Skambino Abė. Jis išjungė telefoną, išėmė bateriją. Padėjo jį ant žemės ir patupdė, tada išmetė likučius į šiukšlių dėžę.

Katie tyliai stebėjo, kol jis grįžo. „Taip, ačiū, - pasakė ji. Jis sėdėjo ant lovos galo ir žiūrėjo į ją. „Kur mes esame? Kur mano mama? Aš noriu savo mamos! O kur yra Abė ir Elė? Aš noriu Eglės."

Benjaminas nusisuko ir atsistojo. „Jie turėjo išvykti. Kaip ir tavo mamytė turėjo išvykti." Jis perėjo per kambarį ir nusileido ant kėdės. Pakėlė kojas į viršų, kad sėdėtų jogos stiliumi, tada užmerkė akis, tarsi ketintų tarpininkauti.

Kati verkė.

Jis atvėrė akis. „Dabar tai tu ir aš, tu ir aš, vaikeli." Jis vėl užmerkė akis ir užsidengė veidą.

Katie pradėjo verkti: „Aš noriu mamos. Aš noriu savo mamos!"

Benjaminas žengė per grindis link jos.

Ji atsitraukė nuo jo ir apsivijo save rankomis.

SKYRIUS 49

EL IR ABE

Elė vis labiau nekantravo dėl Abės neveiklumo.

„Turime ką nors daryti, dabar", - pasakė ji. „Laikas bėga ir gali nutikti bet kas. Gaila, kad nesutrukdžiau tau paskambinti Aleksui. Norėčiau..."

Ji griebėsi telefono.

„Nedaryk to", - pasakė Abė ir sugriebė ją už rankos. „Tik ne."

SKYRIUS 50

JAUSMAS...

Seržantui Mileriui grįžus į kabinetą, ant jo stalo laukė byla. Jis pervertė ataskaitą, patvirtinančią, kad mirusios moters vardas buvo Margaret (Maggie) Monahan. Jis sustojo ir atsisėdo ant kėdės. Palaukite. Katie motina buvo Dženifer Volker (Jennifer Walker). Bet DNR ataskaitoje Katie DNR sutapo.

Jis pasilenkė į priekį ir toliau skaitė apie Margaret Monahan. Kai pirštu perbraukė per jos biografiją, jis patvirtino ryšį: sesuo. Margaret Monahan buvo Jennifer Walker sesers ištekėjusios sesers vardas.

Jis skaitė toliau ir išsiaiškino, kad abu tėvai mirė prieš Katie gimimą. Taigi ji niekada nebuvo sutikusi savo senelių.

Jis pagalvojo apie Katie reakciją į šią žinią. Ji griežtai atsisakė tuo patikėti - ir buvo teisi.

Mileris išbėgo iš savo kabineto, norėdamas kažkur eiti, bet dar nežinodamas kodėl. Jo galvoje šmėkštelėjo Abės vardas. Kodėl? Jis jam paskambino. Neatsiliepė. Vis dėlto kažkas jam knietėjo. Jis nuėjo prie savo automobilio, paspaudė sireną, kuri iš visų pusių išsklaidė eismą, nes jis važiavo į Abės namus.

Įvažiavęs į važiuojamąją dalį iškart pastebėjo, kad priekinės durys stovi plačiai atvertos. Ant gretimos parduotuvės lango buvo užrašas UŽDARYTA.

Mileris jėjo į vidų ir sušuko: „Ar yra kas nors namie? Čia Aleksas Mileris. Abe? El?"

Namuose buvo tvarkinga ir tylu. Nesigirdėjo nei televizoriaus, nei radijo garsų. Tačiau kažkas iš tiesų buvo ne taip, jo nuojauta buvo teisinga. Jis išsitraukė ginklą ir užsuko už kampo, vedančio į svetainę.

Ant grindų gulėjo kūnas: Elio Džulijaus kūnas.

SKYRIUS 51

ABE

Pabandęs paskambinti Benjaminui, bet neatsiliepęs, Abė išėjo į gatvę ir išsikvietė taksi.

„Vežk mane į traukinių stotį", - pareikalavo jis, rausdamasis piniginėje. Skubėdamas pamiršo pasiimti papildomų pinigų. Jų gaus stotyje.

„Žinoma, - pasakė vairuotojas ir įjungė radiją.

Abė dar kartą nesėkmingai bandė paskambinti Benjaminui. Ar berniukas būtų toks kvailas, kad nuvežtų vaiką į jų slaptavietę?

SKYRIUS 52

KATIE IR BENJAMIN

Benjaminas apkabino Katie per petį, ir jie sėdėjo vienas šalia kito ant lovos nekalbėdami. Ji prisiglaudė prie jo.

„Benji, - tarė ji, apglėbdama rankomis jo liemenį.

Jis pabučiavo ją į viršugalvį. Jis niūniavo lopšinę, kol ji vėl užmigo. Jis užsidengė ausis. Jis nekentė mini šaldytuvo burzgimo garso. Jis ištraukė kištuką iš sienos.

SKYRIUS 53

MILLER IR EL

„Jėzau, El, - pasakė Mileris ir atsiklaupė ant vieno kelio, kad pajustų jos pulsą. Jis buvo, silpnas, bet buvo. Jis priglaudė jos galvą prie rankos ir ji atmerkė akis.

„Kas tau tai padarė?"

„Abė", - sušnabždėjo ji.

Mileris pasilenkė arčiau, jis neteisingai išgirdo. Ar girdėjo?

„Abė. Tai buvo Abė, - pasakė ji, atmerkusi akis, kai laisva ranka telefone rinko 911.

Greitosios pagalbos automobiliui nuvažiavus su kaukiančia sirena, seržantas Mileris bandė surasti Abė, Bendžaminą ir Kati. Kur jie buvo? Ar jie visi kartu buvo kažkur išvykę, palikę Elę tokioje būsenoje?

Kai Mileris viską perkratė, niekam neturint nė lašo prasmės, suskambo jo telefonas. Jis tikėjosi, kad kas nors ką nors žino. Ir Elė bus gerai. Jai turėjo būti viskas gerai.

„Atsiprašau, seržante, bet jai sustojo širdis, - pasakė greitosios pagalbos automobilio vairuotojas. „Mes negalėjome jos išgelbėti.“

„O ne“, - pasakė Mileris ir atsijungė.

Jis turėjo viską gerai apgalvoti. Jis turėjo išsivalyti galvą. Jis turėjo surasti Katie Walker ir pasakyti jai, kad ji buvo teisi. Jos motina tikrai nebuvo mirusi, bet El buvo. Kaip jis ketino joms pranešti šią žinią?

Mileris paskambino į stotį ir paprašė atsiųsti komandą, kuri sektų visus įeinančius skambučius.

„Kuo greičiau - turiu omenyje vakar“, - pasakė jis.

Po kelių akimirkų komanda jau važiavo į Džulijų namus.

SKYRIUS 54

BENJAMIN IR KATIE

Benjaminas, priglaudęs Katie galvą, suposi pirmyn ir atgal, pirmyn ir atgal. Jis apsimetė, kad jie sėdi supamojoje kėdėje, nors jos nebuvo. Vietoj to jie buvo slaptoje vietoje. Slaptoje vietoje, kur eidavo visi pamiršti vaikai.

Kiti vaikai bėgiojo ir žaidė, o Kati miegojo toliau. Benjaminas pamojavo jiems, tada pridėjo pirštus prie lūpų.

"Shhhh," he whispered.

Jis žaidė su jos plaukais, galvodamas, kaip paaiškins priimtą sprendimą. Tai buvo ne pirmas kartas, kai jis ką nors vedėsi į slaptą vietą: vietą Van Gogo paveikslo „Saulėgrąžos" viduje.

Tačiau Katie buvo jauniausia, todėl kiekvieną žodį jis turėjo parinkti atsargiai, apgalvotai. Jis suprato, kad pirmą kartą pabudusi ji išsigąs. Dėl to ir davė jai daugiau vaistų nuo miego, kol nusprendė, ką daryti. Jis tikėjosi, kad jos perėjimas bus ramus ir paprastas. Kadangi dabar ji taip pat buvo našlaitė. Jie bus kartu su kitais vaikais. Niekam nereikėjo būti vienam, ne čia, šiame naujame pasaulyje.

Jis prisiminė, kaip pirmą kartą pabudo Van Gogo pasaulyje. Abė nė nenutuokė, kad jis buvo išėjęs iš savo kūno, kol senis su juo darė bjaurius dalykus.

Ir dabar jis niekada to nesužinos. Nes jis, Katė ir kiti buvo saugiai pasislėpę naujajame pasaulyje, į kurį suaugusiesiems buvo draudžiama eiti.

SKYRIUS 55

ABE

Atvykęs į traukinių stotį Abė pažvelgė į tvarkaraštį. Jis nusipirko bilietą, tada sinchronizavo laikrodį su numatytu atvykimo laiku. Jam reikėjo šiek tiek palaukti. Laukti ir nerimauti. Jis perėjo per peroną, atsisėdo ant tuščio suoliuko ir pradėjo vieną po kito vardyti savo rūpesčius. Šis kiekvienos problemos sprendimo būdas anksčiau jam buvo vertinga strategija.

Pirmiausia jis mintyse sudarė sąrašą, pradėdamas nuo El, Benjamino ir baigdamas Katie. Tai buvo trumpas sąrašas, kurį jis galėjo lengvai ir greitai įveikti.

Incidentas su El buvo nelaimingas. Ji perdėtai sureagavo, dėl to jis pasielgė taip pat. Jei tik ji būtų leidusi jam tvarkyti reikalus.

Anksčiau ji taip ir darydavo, taip išvengdama konfrontacijos. Jis nebuvo jai smarkiai smogęs. Tai buvo tik meilės stuktelėjimas. Ji būtų atsigavusi ir viską atleidusi, kaip visada. Jis paskambino namo, kad patikrintų, kaip ji jaučiasi.

„Sveiki, - sušnabždėjo vyriškas balsas, kai Abė nuėjo prie kasos aparato. Paskui, pasiėmęs pinigų, patikrino, kuriame perone atvažiuos jo traukinys, ir nuėjo ten.

Abė nekalbėjo, nes buvo apstulbintas tylos, kai atpažino kitame gale Alekso Milerio balsą. Ką jis ten veikė? Ar Elė jam skambino? Ar ji ketino pateikti jam kaltinimus? Anksčiau ji niekada nebūtų to padariusi, nes jie visada viską išsiaiškindavo tarpusavyje.

„Abė, ar tai tu? Elė mirė. Abe? Abe?"

Abė negalėjo tuo patikėti. Elė negalėjo būti mirusi. Jis paleido telefoną, ir jis trenkėsi į grindinį. Jis išgirdo, kaip Aleksas šaukia jo vardą, pakėlė ragelį. Ačiū Dievui, jis vis dar veikė.

„Ji ką? Ne, ji negali būti!"

Už jo nugaros Milerio pareigūnų komanda sekė Abės buvimo vietą, stengėsi, kad jo telefonas sinchronizuotųsi ir transliuotų jo buvimo vietą. Pareigūnas rankų ženklais rodė, kad jiems reikia daugiau laiko.

Mileris pasakė: „Aš turiu būti sulaikytas. „Ji stipriai susitrenkė galvą, iškviečiau greitąją pagalbą, bet į ligoninę ji neatvyko. Kur yra vaikai? Nei Katie, nei Bendžamino nėra namuose. Kur jūs esate?"

Abė ėjo link laiptų, norėdamas eiti namo. Jam reikėjo laikytis plano. Surasti Benjaminą ir Katie.

Pareigūnas dar kartą nurodė Mileriui, kad jis turėtų pratęsti skambutį, laikydamas jį ant linijos.

„Kai atvažiavau, jūsų lauko durys buvo plačiai atvertos. Aš nerimavau dėl tavęs, Abe. Mes taip seniai draugaujame, kad tiesiog nujaučiau. Tarsi tau manęs reikėtų ar kažkas panašaus." Mileris apsižvalgė, jie buvo nubrėžę jo buvimo vietą.

Jis tęsė. „Kaip tik galvojau apie tą kartą, kai mudu su tavimi išplaukėme su dviem berniukais valtimi ir šiek tiek žvejojome? Pameni? Atrodo, kad tai buvo taip seniai, turėtume tai pakartoti. Šį kartą galėtume pasiimti Benjaminą ir Katie. Jiems patiktų. Ar nemanai?"

Abė pasakė. „Negaliu patikėti dėl Elio. Kaip ji gali būti mirusi? Kas kada nors galėtų nuskriausti El?" Jis sustojo, tada paklausė: - Ar ji ką nors pasakė?

„Ne, Abe, kai atvykau, ji buvo be sąmonės. Aš taip ilgai dirbu šioje tarnyboje, o mes taip ilgai draugaujame, spėju, kad esame susiję. Kaip jau sakiau, kai atvykau, durys stovėjo plačiai atvertos".

Abė įkvėpė.

„Ar tau viskas gerai? Kur tu esi? Aš atvažiuosiu tavęs pasiimti, tu norėsi ją pamatyti, o mes galime surasti abu vaikus, jie turi žinoti."

Pasigirdo traukinio švilpukas, o po jo - čaižus garsas.

„Man jau reikia eiti, - pasakė Abė. Jo senas draugas blaškėsi - ne tai, ką jis darytų įprastomis aplinkybėmis. El kažką pasakė. Dabar jie bandė nustatyti jo buvimo vietą. Jis išmetė telefoną į šiukšlių dėžę.

„Palauk, Abe!" Mileris sušuko, jis pažvelgė į pareigūną.

„Turime jo buvimo vietą, traukinių stotyje rytinėje pusėje. Ką tik patikrinau, traukinys iš perono išvažiavo, bet jis vis dar perone".

„Nusiųskite man vietą, tuoj ten nuvažiuosiu".

„Padarysiu", - pasakė pareigūnas.

Įsėdęs į savo automobilį, jis ant stogo užsidegė mirksinčią šviesą. Įjungė garsinį sirenų signalą, kuris leido jam kaip sviestu pateptam prasilenkti su spūstimis.

SKYRIUS 56

ABE IR TRAUKINYS

Dabar traukinyje Abė sėdėjo atokiau nuo kitų keleivių, kad galėtų mąstyti. El buvo dingusi. Ji buvo mirusi. Jis ją nužudė, bet tai buvo nelaimingas atsitikimas. Jis nenorėjo jos sužeisti. Jo gyvenimas be jos buvo nieko vertas.

Pirmoje stotelėje jis stebėjo perone sėdinčius keleivius. Buvo nemalonu matyti, kaip jie vaikšto kaip robotai, visą dėmesį sutelkę į telefonus. Jei kas nors eidavo iš paskos, jie galėdavo jį nustumti ant bėgių. Jie būtų mirę anksčiau, nei sužinotų, kas atsitiko. Liūdna, iki ko priėjo pasaulis. Vaikščiojantys robotai.

Štai kodėl jis taip ilgai vengė naudotis mobiliuoju telefonu. Tik tada, kai Benjaminas jį išmokė apie jo turėjimo po ranka naudą, jis pabandė tai padaryti. Kai jie susitikdavo, kai reikėdavo skubiai pranešti, rašydavo vienas kitam žinutes. Jų žinutės būdavo koduotos, kad niekas kitas nesužinotų, apie ką jie kalbasi. Tai buvo įdomu, smagu.

Galvodamas apie Elio mirtį, Abė mintyse sugalvojo istoriją. Ją jis papasakos seržantui Mileriui kitą kartą, kai jį pamatys. Pradėtų nuo to, kad papasakotų savo senam draugui, kaip Benjaminas, bijojo, kad jie ketino paimti Kati į globą. Benjaminas, kuris buvo išnaudojamas globos sistemoje. Kaip vargšas ir sutrikęs paauglys netyčia pastūmė El. El buvo nukritusi ant grindų. Kaip jis pats patikrino, ar El buvo blaivus, tada, El sutikus, išbėgo iš namų ieškoti Benjamino, kuris, sužeidęs El, pasiėmė Katie ir paspruko.

Taip, po visko, ką buvo padaręs dėl berniuko, jis būtų įtikinęs jį sutikti su šia istorija. Jis turėjo savo būdų, kaip įtikinti berniuką padaryti viską, ko tik norėjo.

Kažkas persėdo į vietą už jo: iš kvepalų kvapo tai buvo moteris. Jis apsižvalgė, taip, jauna moteris. Galbūt dvidešimt penkerių. Pakeliui į darbą arba į vakarėlį, pagalvojo jis, pasipuošusi iki devynių. Jis stebėjo, kaip ji išsitraukė iš rankinės obuolį, ir sutriko, kai ji suvalgė vieną kąsnį, paskui kelis kitus. Ji kramtė atvėrusi burną. Šiek tiek obuolių sulčių paplūdo jam ant kaklo. Jis jas nušluostė. Bjauru ir erzina. Ji kramtė ir kramtė. Kramtė ir kramtė. Jis laukė kito traškesio, laukė įtempęs pečius, bet jis taip ir neatėjo. Jis žvilgtelėjo atgal, norėdamas pažiūrėti, kodėl, ir pastebėjo, kad moteris užspringo.

„Ar kas nors žino Heimlicho manevrą?“ Abė sušuko, bet vagone buvo tik jis ir moteris.

Jis užčiaupė burną, suprasdamas, kad jo šauksmas atkreipė dėmesį į situaciją, ir sekundės dalį, o gal ir daugiau, norėjo, kad būtų leidęs moteriai užspringti.

Kai kiti keleiviai pasuko link jų, jis stipriai trenkė moteriai per nugarą ir ji išpylė obuolį ant grindų.

SKYRIUS 57

MILLER SIEKIA...

Mileris pralėkė pro eismą. Jis užėmė vietą prie įvažiavimo į geležinkelio stotį. Jis paliko mirksinčius žibintus, kad bilietų kontrolieriai jo neužfiksuotų. Jis užbėgo laiptais į viršų.

„Jūs jau beveik ten. Tiesiai į priekį. Tiesiog į kairę nuo jūsų, - pasakė stebėjimo pareigūnas.

„Vienintelis dalykas perone, be manęs, yra šiukšlių dėžė", - pasakė Mileris. Jis ėjo link jos.

„Taip, iš ten sklinda signalas".

Seržantas Mileris užsimovė pirštines ir įkišo rankas į šiukšlių dėžę. Atstūmęs į šalį banano žievę, jis rado tai, ko ieškojo: Ebės telefoną.

„Ar galiu jums padėti?" - paklausė konduktorius.

„Taip, kiek laiko praėjo nuo tada, kai iš čia išvažiavo paskutinis traukinys?"

„Prieš penkiolika minučių, bet jie toli nenuvažiavo".

Mileris dukart apsidairė. „Kaip taip?"

Konduktorius tęsė pokalbį. „Traukinys sustojo dėl avarinės situacijos su keleiviu. Greitosios pagalbos automobilis surinko moterį ir ji jau pakeliui į ligoninę. Nukentėjusioji nuo obuolio, įkritusio jai į gerklę. Jie sako, kad jai viskas bus gerai, tik tikrina ją, kad įsitikintų dėl draudimo".

„Koks buvo galutinis traukinio kelionės tikslas?" Mileris paklausė.

„Tai ekspresas, taigi tik viena stotelė linijos gale".

„Ačiū, - tarė Mileris. Jis nuskubėjo laiptais žemyn, į savo automobilį ir įjungė sireną.

SKYRIUS 58

ABE GERASIS
SAMARIETIS

Traukinyje nebesėdėdamas Abė laikė moters, kurią išgelbėjo, ranką. Jie buvo greitosios pagalbos automobilyje ir važiavo į ligoninę.

Netrukus po to, kai ji išspjovė obuolį, atvyko greitosios pagalbos automobilis. Susierzinusi jauna moteris atsisakė lipti į automobilį, nebent Abė važiuotų kartu su ja į ligoninę.

„Jis mano gerasis samarietis", - pasakė moteris.

Kai medikai moterį ant neštuvų įstūmė į ligoninės vidų, Abė pamatė progą pabėgti. Jis išsikvietė taksi. Kol jis laukė perone, išlipo greitosios pagalbos automobilio vairuotojas.

„Ačiū, kad suvaldėte situaciją ir išgelbėjote jai gyvybę".

„Žinoma, kad taip", - pro atvirą langą ištarė Abė. Tada vairuotojui: „Išlaipinkite mane prie Magnolijos ir Ąžuolo gatvių kampo".

Baltas furgonas nuvažiavo, o greitosios pagalbos vairuotojas įlipo į savo automobilio kabiną. Per radiją pasigirdo pranešimas, kuriame visų vairuotojų buvo prašoma saugotis vyro, atitinkančio Abės apibūdinimą.

SKYRIUS 59

MILLER IR ABE

Suskambėjo Milerio telefonas. „Ką tik skambino greitosios pagalbos vairuotojas. Jis sakė, kad vyras, atitinkantis Abės apibūdinimą, prieš kelias minutes išvažiavo baltu furgonu. Taip, iš ligoninės. Jis sakė, kad Abė išgelbėjo moters gyvybę traukinyje".

„Skamba panašiau į mano pažįstamą Abė. Ar vairuotojui pavyko sužinoti automobilio numerį?"

„Ne, bet jis girdėjo, kaip pagyvenęs ponas prašė nuvežti jį į Magnolijos ir Ąžuolo gatvių kampą."

„Aš jau beveik ten, - pasakė Mileris ir atsijungė. Jam buvo įdomu, kas yra netoliese - tai buvo gerai žinomas nešvarus rajonas, kur net dieną gatvėse knibždėte knibždėte knibždėjo prostitučių.

Po kelių kvartalų prie šviesoforo ties Magnolija sustojo baltas furgonas. Mileris išlipo iš automobilio ir priėjo prie keleivio pusės. Abė nebuvo pavasarinis viščiukas, bet nenorėjo rizikuoti, kad jis gali pabėgti. Automobilyje nebuvo jokio keleivio.

Abė blykstelėjo savo asmens tapatybės dokumentu, tada paklausė, ar jis į šią vietą atsivežė keleivį, vyresnio amžiaus vyriškį. Vyras linktelėjo galva. „Kur jis nuėjo?"

„Jis išlipo, porą kvartalų atgal. Sumokėjo man grynaisiais pinigais, tada pasakė, kad likusią kelio dalį nueis pėsčiomis."

„Taip arti", - pasakė Mileris, grįždamas prie savo automobilio, paskui persigalvojo ir persėdo ant šaligatvio. Jis pažvelgė aukštyn ir žemyn - jokių Abės pėdsakų. Perėjęs gatvę ir ten padaręs tą patį, jis pamatė, kad kažkas išeina iš parduotuvės nešinas krepšiu. Jam teko bėgti kelis kvartalus, kad pasivytų, - nekreipdamas dėmesio į šviesas, - bet galiausiai jį pastebėjo.

Mileris stebėjo, kaip jo senas draugas lipa ant laiptų. Duris jam atidarė konsjeržas, kilstelėjęs skrybėlę.

Mileris mirktelėjo konsjeržui savo ženkliuku ir įėjo į vidų. Lifto durys užsidarinėjo ir kilo į septintą aukštą. Jis svarstė galimybę pakilti laiptais aukštyn, bet vietoj to palaukė, kol liftas vėl nusileis žemyn. Įėjęs į vidų, paspaudė mygtuką ir po akimirkos atsidūrė reikiamame aukšte, kur galėjo rinktis iš keturių durų. Kurios iš jų buvo Abės? Ir ką jis veikė bute šiame rajone? Jis atsargiai judėjo nuo vienų durų prie kitų, įsiklausydamas, ar viduje nesigirdi kokių nors garsų.

Nieko negirdėjo, kol pasiekė ketvirtąsias duris

SKYRIUS 60

KAMBARYS

Kambaryje Abė stovėjo nejudėdamas ir bandė atsikvėpti. Ar jis išprotėjo? Sekundę jis pagalvojo, kad ten pastebėjo Aleksą Milerį. Jokiu būdu jo senas draugas negalėjo jo sekti - jis buvo išmetęs telefoną.

Jis atidarė krepšį, išpakavo naująjį telefoną ir įjungė jį, kad įkrautų. Tada išsitraukė du maišelius saldainių - Benjamino mėgstamiausių. Išpylė juos į lėkštę, kurią padėjo ant naktinio stalelio.

Apsižvalgęs po kambarį, pastebėjo dvi stiklines ant staliuko. Vadinasi, jie ten buvo arba buvo. Jis suprato, kad yra ištroškęs, įsipylė sau stiklinę vėsaus vandens.

Išgėrė ją iki dugno, tada įsipylė antrą stiklinę ir priglaudė ją prie kaktos. Buvo malonu, todėl laikė ją vietoje, kol apžiūrinėjo kambarį.

Už jo lašėjo vandens čiaupas. Jis prisiminė, kaip po vieno iš daugelio jų seansų Benjaminas miegojo šalia jo lovoje. Net ir tada čiaupas lašėjo lašėjo lašėjo lašėjo. Turėdamas atsikelti iš lovos, jį prisitraukdavo. Grįžti į lovą ir vėl lašėti, lašėti, lašėti, lašėti. Po kriaukle jis rado veržliaraktį ir išsprendė problemą, bet dabar ji vėl atsinaujino. Praėjo nemažai laiko nuo tada, kai jie buvo kartu.

Jis atsisėdo ant lovos krašto. „Katie? Benjaminas?" Jokio atsakymo. Jis pabandė dar kartą, pakėlė antklodę, kad pažvelgtų po lova. „Girdžiu, kaip kvėpuoji." Jis žengė link balkono: „Išeik, išeik, kad ir kur būtum."

SKYRIUS 61

KAS TAI?

Palaukite. Mileris paklausė savęs, ar Abė garsiai ištarė jų vardus? Jis prikišo ausį arčiau. Vėl girdėjosi: senis šaukė vaikus, tarsi jie būtų žaidę slėpynių. Mileris pasikrapštė galvą. Tonas, kuriuo kalbėjo Abė, buvo žaismingas ir pažįstamas. Tarsi jis jau būtų daręs tokius dalykus anksčiau.

Kambario viduje jis išgirdo žingsnius, po jų - atsidarančių, paskui užsidarančių durų garsą. Jis laikė prispaudęs ausį prie durų, nes tualetas nuleido vandenį, čiaupas cyptelėjo, durys atsidarė, o žingsniai pasileido per kambarį, kuriame girgždėjo lova. Po akimirkos Mileris išgirdo garsų knarkimą. Abė žmona buvo mirusi, o jis snaudė.

SKYRIUS 62

SVAJONĖ

Abė sapnavo, kad grįžo namo ir yra su El. Vieną akimirką jie kartu skrido per dangų. Kitą akimirką jiedu glaudėsi lovoje.

Ji sušnabždėjo jam į ausį: „Abė".

„Ebė", - sušnabždėjo Benjaminas.

„Benjaminai?" - pasakė jis pakildamas nuo lovos. Jokio atsakymo.

Abė nuėjo prie spintos. Jis prisiminė Benjaminą, kai prieš daugelį metų jis pirmą kartą atvyko į jų namus. Jis bijojo visų ir visko, todėl paguodą rado pasislėpęs spintoje.

„Aš žinau, kad tu ten esi, - pasakė jis, stumdamas duris. Žinoma, ten buvo Benjaminas. Gerokai, labai toli prie sienos, sėdėdamas sukryžiavęs kojas.

Abė apčiuopė sieną, ieškodamas šviesos jungiklio. Jo nebuvo.

„Išeik, Benjamine", - įkalbėjo jis. „Atnešiau tau šokolado ir saldainių: tavo mėgstamiausių". Berniukas vis tiek nejudėjo. Abė pasitraukė prie vietos, kur buvo įkraunamas telefonas. Beveik pusiaukelėje. Jis parsisiuntė žibintuvėlio programėlę. Išbandė ją ir ji veikė puikiai. Jis įlindo į spintą, o telefonas apšvietė jam kelią.

Benjaminas kažką laikė, apiplyšusią lėlę. Abė su žibintuvėliu nusitaikė į ją. Tai, ką jis laikė, nebuvo lėlė: tai buvo Katie.

Jis ėjo vis arčiau, arčiau. Ištiesė ranką ir palietė berniuko skruostą, paskui mergaitės - abu buvo šalti kaip akmuo. Jis sušuko šūksnį, kad pažadintų mirusiuosius.

SKYRIUS 63

KICK IT...

Mileris išvertė duris su botagu. Dabar viduje jis išsitraukė pistoletą iš dėklo, kai Abė išėjo iš spintos. Kaip zombis jis klestelėjo per grindis, tada krito iš pradžių ant kelių, paskui veidu į grindis.

Mileris vis dar laikė nukreipęs ginklą į Abė, kuris verkė ir šnopavo kaip išprotėjęs žmogus. Mileris priėjo arčiau, bandydamas suprasti, ką jis sako. Iš pradžių jis negalėjo suprasti, paskui išgirdo: „Miręs. Miręs. Miręs."

Jis pasuko link spintos ir, kadangi durys jau buvo atidarytos, įžengė į vidų. Buvo per tamsu, jis nieko negalėjo įžiūrėti. Jis išėjo, įdarbino taktinį žibintuvėlį ant ginklo ir grįžo į vidų.

SKYRIUS 64

KŪNAI

Žibintuvėlis buvo per stiprus tokiai mažai erdvei. Spinduliai atsispindėjo ir kūrė tamsius šešėlius, kol surado tai, kas ten buvo. Du vaikai: Benjaminas ir Katie.

Iš pradžių jis pamanė, kad jie miega. Jis perbraukė šviesa per jų akis. Iš pradžių berniuko, paskui mergaitės. Dabar jis buvo tikras. Jis tai buvo matęs tiek daug kartų. Abu vaikai atrodė kaip lavonai, sudėti ant plokščių morge.

Jis palietė Katie veidą ir krūptelėjo: jis buvo šaltas kaip akmuo. *Vargšas vaikas. Mirė nežinodama, kad buvo teisi dėl savo motinos.* Benjaminas taip pat buvo šaltas.

Jis žinojo, kad neturėtų jų judinti. Jis neturėjo trikdyti jų paskutinio poilsio vietos. Ir vis dėlto, nors ir žinojo, kad geriau. Nors ir suprato, kad pažeis įrodymus, jis vis tiek tai padarė.

Pirmiausia Mileris turėjo juos išpainioti. Benjamino rankos buvo apglėbusios Katie, tarsi jis bandytų ją apsaugoti. Jos galva linktelėjo ir atsilošė ant jo peties. Jos plaukai, kvepiantys medumi, lietė jo skruostą, kai jis paguldė ją ant lovos. Jis grįžo prie spintos, pakeliui metęs žvilgsnį į Abė. Jis vis dar gulėjo ant grindų ir žiūrėjo į priekį kaip zombis. Mileris pakėlė Benjaminą ir paguldė jį ant lovos.

Žvilgtelėjęs į Abė, kraipydamas galvą, jis pagalvojo apie savo vaikus. Kaip tai galėjo nutikti? Ką tai turėjo bendro su Elio mirtimi? „Kas atsitiko, žmogau?" - kreipėsi jis į Abė.

Abė atsikėlė ant kelių. Jis neturėjo jėgų atsistoti ant kojų. Jo galva linko, o akys žiūrėjo į grindis.

Mileris sušuko: „Kas, po velnių, čia atsitiko?"

Abė krūptelėjo, tada pargriuvo ant kilimo. Visą veidą jis prispaudė prie kilimo, tarsi šiurkštaus audinio pojūtis prie odos jį guodė.

Mileris priėjo arčiau, kad jo batai liestų Abės galvą. Jis sušnabždėjo: „Katie buvo teisi - jos motina gyva."

„Ką?" Abė atsakė.

„Dabar tai nesvarbu, - pasakė Mileris. „Ji mirusi. Jie abu mirę."

Šį kartą Abė trenkė kaktą į grindis.

Mileris įsipylė sau stiklinę vandens. Jis ją išgėrė, bet tuoj pat vėl atsigėrė, o fone lašėjo čiaupo lašai. Jis galvojo nunešti vandens Abėjui. Jis to nepadarė.

„Atsistok, Abe, - pareikalavo Mileris. Kai jis atsistojo, Mileris gūžtelėjo pečiais: „Pasiaiškink, žmogau".

Abė ėmė kūkčioti ir verkti. Jis susmuko ant kelių.

Mileris nuėjo prie spintos, išsitraukė antklodę ir užmetė ją ant Abės pečių. Jis stengėsi negalvoti apie vaikus, o susitelkė į tai, ką turėjo padaryti. Jam reikėjo paskambinti koroneriui ir pradėti tyrimą. Kodėl jis delsė? Ko jis laukė? Tai neturėjo jokios prasmės. Vaikai buvo šalti kaip akmuo - tarsi jau kurį laiką būtų mirę, nors, pasak Elos, jie negalėjo būti mirę ilgai. Taigi, kas nutiko? Kas už tai atsakingas? Jis paskambino telefonu, pateikdamas nedaug paaiškinimų. „Du mirę vaikai: priežastis nežinoma", - pasakė jis.

Laukdamas, kol galės pasikalbėti su vadu, jis žvilgtelėjo į du ant lovos gulinčius vaikus. Jie atrodė išsigandę - tarsi būtų mirtinai išsigandę. Jis papurtė galvą. Žmonės galėjo mirti nuo daugelio dalykų, bet ne nuo baimės.

Atjungęs skambutį, jis grįžo pas Abą. „Kas čia atsitiko?" - klausė Abe. Jis padėjo Abėjui atsistoti ant kojų ir nuvedė jį prie kriauklės, kad šis išgertų stiklinę vandens.

Abė gurkštelėjo gurkšnį ir tarė: „Man reikia oro!" Jis perėjo per kambarį ir pravėrė duris, vedančias į balkoną.

Mileris stovėjo tarp terasos durų arkų, bijodamas, kad jo senasis draugas neiššoktų.

Iš kažkur kambaryje pasigirdo vaiko verksmas.

Abė ir Mileris atsisuko į lovą, gerai žinodami, kad garsas sklido ne iš ten. Abu vyrai stovėjo nejudėdami, įjungę visus pojūčius, ir laukė, kada vėl išgirs garsą.

„Koroneris", - pasigirdo balsas lauke po beldimo.

„Atidaryta, - pasakė Mileris, kai atvyko komanda, įskaitant teismo medicinos ekspertus.

Mileris žvilgtelėjo į Abą, kuris sėdėjo neišraiškingas. Jo mėlynos akys atrodė dar labiau pasislėpusios vaiduokliškoje blyškumoje.

„Ką čia turime?" - paklausė teismo medicinos ekspertų komandos narys.

„Du negyvus vaikus, - atsakė Mileris.

Komanda ėmėsi darbo užtikrindama įrodymus.

Mileris ir Abė stovėjo greta vienas kito ir laukė garso: klykiančio vaiko garso.

SKYRIUS 65

VAN GOGH

Abė pakilo ir pasistūmėjo į priekį, linktelėjęs galvą, tarsi kažką išgirdęs.

Mileris nieko negirdėjo. Jis pravėrė burną, norėdamas ką nors pasakyti Abė, bet jį tarsi apėmė transas. Jis perbraukė kojomis per kilimą.

Abė puolė ant kelių, verkdamas ištarė žodžius: „Atsiprašau, Bendžamine. Labai atsiprašau. Viskas, ko noriu, tai kad tu būtum čia. Prašau." Jo kūnas krito į priekį, galva atsiremdamas į kilimą.

Mileris buvo dvejopos nuomonės. Viena jų buvo paguosti haliucinacijas sapnuojantį seną draugą. Kita buvo padėti komandai - jie jau buvo beveik pasiruošę sudėti abu vaikus į kūnų maišus.

Vietoj to jis nieko nedarė, nes Benjaminas buvo įkištas į žalią maišą. Jis krūptelėjo, kai tylą perskrodė antrasis užtrauktuko užsegimo garsas, kuriuo Katie užsegė užtrauktuką.

„Atsistok, - įsakė balsas iš niekur.

Abė taip ir padarė, pakildamas ant kojų kaip lėlininko atgaivinta marionetė.

„Eik prie paveikslo", - nurodė balsas.

Abė kaip zombis sekė nurodymus ir sustojo prie Van Gogo paveikslo.

„Ne! Ne!" - sušuko jis, užsidengdamas galvą rankomis.

Mileris pajudėjo tiesiai jam iš paskos, kad galėtų atidžiau pažvelgti į atspaudą. Jis pamatė tik vazą su saulėgrąžomis - ne tai, kad tikėjosi pamatyti ką nors kita. Kai Abė vėl pradėjo kalbėti, Mileris atsitraukė.

Abė nuėmė rankas nuo veido ir sušuko: „Kodėl? Kodėl? Kodėl? Pasakyk man, kodėl?"

Vaikų kūnus nešanti komanda žengė link durų. Vienas iš jų paklausė: „Su kuo kalbasi tas senas vyrukas?".

Neatsakydamas Mileris mostelėjo jam ranka.

Pasigirdo balsas. Berniuko balsas, kuris skambėjo tuščiaviduriai, tarsi sklistų iš tunelio vidaus. „Tu žinai kodėl".

„Benjaminas", - pasakė Abė. „Aš tave myliu."

Komanda su kūnų maišais sustojo. Jie nežinojo, kad balsas, kurį girdėjo, buvo Benjamino - berniuko, kurio kūnas buvo viename iš maišų, kuriuos jie nešė.

„Padėkite maišus atgal ant lovos, - įsakė Mileris. „Atriškite tą, kuriame yra berniukas, - DABAR".

Komanda padarė, kaip nurodė Mileris. Bendžaminas buvo išbalęs, akys užmerktos. Vis dar negyvas. Mileris žiūrėjo į nejudantį berniuko veidą, kai vėl pasigirdo jo balsas.

„Tu žinai, ką man padarei. Tu žinai."

„Aš tave mylėjau. Vis dar myliu tave, - atsakė Abė, ištiesdamas ranką į tuščią orą.

„Ką mylėjau? Su kuo jis kalba, su pačiu Van Gogu?" - paklausė vienas iš komandos narių.

„Ššššš, - atsakė Mileris.

„Tai, ką mes darėme, buvo meilė. Nes mylėjome vienas kitą, - prisipažino Abė.

Mileris papurtė galvą. Ar jis girdėjo teisingai? Jis sugniaužė kumščius, užtverdamas tarpą tarp savęs ir buvusio draugo.

Abė pažvelgė į lubas, tarsi manydamas, kad Benjaminas kalba su juo iš dangaus.

„Kodėl turėjai nužudyti save ir Katę? Kodėl?"

„Padariau tai, ką turėjau padaryti."

„Kad mane nubaustum?"

„Taip, nes tave pažįstu."

Mileris suspaudė kumščius.

„Aš nebūčiau jos palietęs", - verkė Abė.

„Aš tavimi netikiu."

Abė liko stačiokiškai stovėti priešais paveikslą, akis įsmeigęs į dangų.

Mileris ištarė žodžius komandai, stovėjusiai už jo: „Aš imsiuosi to iš čia".

Jie užtraukė užtrauktuką Benjamino krepšyje ir išnešė abu vaikus iš kambario.

Mileris pasislinko taip, kad Abė būtų tiesiai priešais jį.

Abė toliau žiūrėjo į dangų. Atrodė, kad laikas sustojo.

Tada iš paveikslo išniro peilis ir vienu greitu judesiu perrėžė Abė gerklę.

Kelias sekundes Abė išbuvo toje pačioje padėtyje. Vienintelis judesys buvo iš žaizdos trykštantis kraujas. Paskui ėmė veikti gravitacija, ir jis nukrito ant grindų, o galva dingo po lovos užklotu.

KREŠAS. Įrėmintas Van Gogo saulėgrąžų paveikslas nukrito ant grindų. Stiklo priekinė dalis sudužo, subyrėdama į tūkstantį gabalėlių.

Mileris pašaukė komandą atgal. Kai jie vėl įėjo į kambarį, ant grindų buvo kruvina košė. „Kur jo galva?" - paklausė vienas.

Mileris kalbėjo taip, tarsi tai būtų kasdienybė. „Ji yra po lova."

Vienas pakėlė antklodę, kitas palindo po ja. Jie įkišo Abą į kūno maišą plačiai atmerktomis akimis. Tai įvyko taip greitai, jis nespėjo užsimerkti. Jie užtraukė užtrauktuką.

„Nekiškite vaikų prie jo, - pasakė Mileris. Įdėkite jį į bagažinę arba ant stogo, bet kur, bet tik ne prie tų vaikų."

„Žinoma, mes tuo pasirūpinsime."

SKYRIUS 66

SGT. MILLER

Mileris išėjo į balkoną pakvėpuoti grynu oru. Jam reikėjo viską apgalvoti, nes visa tai neturėjo prasmės. Pirmiausia buvo Elės mirtis. Ar ji žinojo, kas vyksta su jos vyru ir globotiniu? Jis netikėjo, kad ji galėjo žinoti. Ne Elė.

Bendžaminas ir Katė atrodė tarsi mirtinai išgąsdinti - bet jie buvo mirę gerokai anksčiau, nei Abė atvyko į šią vietą.

Kalbant apie Abės smurtą prieš globotinį, jis buvo suktas. Per daug iškrypėliškas, kad apie tai galėčiau galvoti. Jis nenorėjo galvoti apie tai, kiek kartų Abė buvo svečiavęsis jo paties namuose. Apie tai, kiek laiko Abė praleido su jo paties vaikais.

Dar buvo antgamtinis to, kas įvyko, aspektas. Seržantas Mileris netikėjo antgamtiniais reiškiniais. Tačiau jis tai matė ir girdėjo balsus. Bet kaip jis ketino tai paaiškinti? Jis to nesugebėtų paaiškinti nė per milijoną metų.

Pasaulis buvo išprotėjęs.

Mileris grįžo į vidų, užtrenkė balkono duris ir jas užrakino. Ten stovėjo vyras ir moteris su dulkių siurbliu ir kilimų valymo mašina.

Moteris paklausė: „Gerai, jei pradėsiu?" Mileris linktelėjo galva. Ji įjungė dulkių siurblį ir kelias sekundes jis stovėjo klausydamasis, kaip stiklas siurbiamas į metalinį konteinerį.

„Sustok!" - įsakė jis, judėdamas per grindis. Jis pasilenkė ir pakėlė vieną saulėgrąžą ant stiklo gabalėlio.

Moteris vėl grįžo prie dulkių siurbimo, o Mileris laikė saulėgrąžą prie akių.

Tada jis pamatė jį - judesį - saulėgrąžos viduje. Dažai, chromo geltonumo, citrinos geltonumo, spalvos virpėjo ir sukosi kaip kaleidoskope. Jis pajuto, kaip kilimas po juo pasislinko, kai numetė saulėgrąžą, tada viskas tapo juoda, kai jis nukrito ant grindų.

SKYRIUS 67

KATIE ATSIBUNDA...

"Benjamine, - tarė Katie, - man nelemta čia būti." Ji suposi ant sūpynių, o jis stūmė ją vis aukščiau ir aukščiau, bet ne per aukštai.

„Žinoma, tu turėtum būti čia", - pasakė Benjaminas.

Aplink juos žaidė vaikai. Keletas jų buvo smėlio dėžėje. Kiti lakstė ant lieptelio. Daugelis varžėsi beisbolo ir futbolo rungtynėse. Keletas žaidė stalo žaidimus, pavyzdžiui, šachmatais, šaškėmis ir rutuliukais.

„Tu esi čia laukiamas, - pasakė Katie vienas berniukas, jaunesnis už Benjaminą.

Jis vilkėjo džinsinį kombinezoną, po kuriuo nebuvo marškinėlių. Jis buvo auksinio įdegio, dėl kurio jo šviesūs plaukai ir mėlynos akys dominavo atletiškame veide.

„Esi čia labai laukiama, mano naujoji sesute, - pasakė mergaitė, jaunesnė už Katie. Jos plaukai buvo susukti į žiedelius, kurie bėgant šokinėjo. Ji atrodė gražiai, vilkėjo mėlyną suknelę su nėriniais kraštuose, o ant kojų avėjo baltus sandalus.

„Bet aš ne tokia kaip tu, - pasakė Katie. „Man čia ne vieta. Tu girdėjai seržantą Milerį. Jis sakė, kad mano mama gyva. Ji tikriausiai laukia manęs pakrantėje. Ji liepė man nejudėti. Ji jaudinsis dėl manęs.“

Benjaminas pastūmė ją aukščiau: „Čia būsi saugi“.

Per parką nuvilnijo gūžtos. Parkas viduje sudaužyto Van Gogo paveikslo „Saulėgrąžos“. Vieta, kur visi pamiršti vaikai gyveno ir žaidė kartu amžinai.

Nes nors šiame pasaulyje stiklinis fasadas sudužo, kitame pasaulyje jis liko nepaliestas. Kiekvieno vaiko laiko laikrodis persuktas atgal, atgal.

Atgal. Į laiką, kai jie prarado vaikystę. Kai jie buvo priversti per greitai užaugti.

Paveikslo viduje vaikai visiems laikams liko vaikais. Van Gogo saulėtų saulėgrąžų saugume buvo pažadas. Pažadas, kad nė vienas vaikas daugiau niekada nebus skriaudžiamas, išnaudojamas, gąsdinamas ar apleistas.

SKYRIUS 68

SGT. MILLER

Morge Mileris rinko karstus El, Kati ir Bendžaminui - ir Ebei. Jei tik būtų galėjęs, būtų leidęs seneliui eiti į dvikovą į kartoninę dėžę, bet jam tai netiko. Taigi, jis turėjo išrinkti keturis karstus keturiems kūnams. Kažkas turėjo tai padaryti.

Mileris tikėjosi, kad tvarkydamas šią užduotį užsidarys. Vis dėlto jo galvoje vis dar sukosi mintis apie dingusią Katie motiną Dženiferę Volker. Ji buvo kažkur ten - ir jos dukra mirė, nes ji paliko ją vieną prie krantinės. Tokia tragedija.

Tokia netektis. Viso to buvo galima išvengti. Tėvai turėjo saugoti vaiką, kad ir kas nutiktų.

Verčiau rizikuoti savimi, negu pakenkti vaikui. Kada visa tai nutiko ir kodėl jis to nepastebėjo?

Mileris negalėjo užsidaryti. Jis negalėjo nusiraminti.

O jo viduje kažkas graužė. Ėmė graužti jį iš vidaus. Jis grįžo į Džulijų namus, tikėdamasis rasti atsakymus. Sklypas vis dar buvo aptvertas juosta, o prie įėjimo durų stovėjo pareigūnas.

„Kas nors ten yra?" Mileris paklausė.

„Ne, seržante. Manau, kad šiandien jie jau beveik viską baigė. Jie nuvalė dulkes nuo atspaudų ir išnešė viską, ką norėjo pasilikti įkalčiams". Jis pažvelgė į laikrodį. „Planavau netrukus grįžti į nuovadą. Mano pamaina jau beveik baigėsi."

„Ar dar kas nors ateis prižiūrėti šią vietą per naktį?" Mileris paklausė.

„Nemanau."

„Tuomet eikite, - pasakė Mileris, - aš imsiuosi toliau".

Pareigūnas sėdo į savo kreiserį ir išvažiavo. Mileris stebėjo, kaip jis nuvažiuoja, tada įėjo į namą.

Įėjęs į vidų, jis leido jausmui, kuris graužė jo vidų, vesti jį ten, kur jam reikėjo eiti. Koridoriumi žemyn, koridoriumi. Į Abės kabinetą. Jis patikrino stalą: užrakintas. Jis nuėjo į virtuvę ir iš stalčiaus išsitraukė peilį. Juo įsilaužė į stalą. Tai, ko ieškojo, gulėjo ten, tarsi laukė jo: Ebės apskaitos knyga.

Mileris pervertė puslapius iki Kalėdų, ieškodamas lėlių užsakymų. Per daugelį metų buvo keli užsakymai, įskaitant vaikų nuotraukas, jų pilnus adresus ir nuotraukas, kuriose vaikai buvo nufotografuoti su prie jų derančiomis lėlėmis.

Tačiau krūvoje nebuvo nė vienos Katie nuotraukos, tačiau jis galėjo patvirtinti, kad užsakymą pateikęs ir lėlę atsiėmęs asmuo buvo Markas Vileris.

Iš viso jis rado septynis užsakymus, atliktus per kelerius metus. Vaiko nuotrauka, šalia lėlės nuotrauka. Katie buvo paskutinis pirkinys.

Dar kelias sekundes jis sėdėjo Abė kėdėje, nes vartydamas bylas peržvelgė savo failus. Įsidėmėtinas buvo prašymas įvaikinti Bendžaminą. Jame buvo nurodyta, kad jis taip pat perims namo ir parduotuvės nuosavybę. Niekas nebuvo galutinai įforminta, nes Elė jo nepasirašė. Jis paėmė prašymą kartu su knyga ir išsinešė juos iš kabineto.

Jis nuėjo į Katie kambarį. Sekundę jis negalėjo kvėpuoti. Ant lovos gulėjo jos antrininkė lėlė, sėdėjo ir žiūrėjo į jį. Laukė jo. Jei tas daiktas būtų kvėpavęs, jis nebūtų galėjęs jo labiau apstulbinti. Negalėdamas pajudėti, jo pojūčiai sustiprėjo.

Pirmiausia pasigirdo švilpimas. Plazdėjimas. Plevėsuojančios užuolaidos. Į lėlę tarsi medžiaginiai čiuptuvai besitęsiančios rankos.

Jis krūptelėjo, pasisuko išeiti, bet negalėjo. Jis apsivijo save rankomis.

„Gerai, gerai“, - niekam nesakė. Jis paėmė lėlę ir išnešė ją iš kambario į virtuvę. Po kriaukle ieškojo pakankamai didelio maišelio, į kurį galėtų ją įsidėti. Neturėjo širdies dėti jos į žalią šiukšlių maišą - per daug panašų į maišą kūnui. Vietoj to jis rado mėlyną permatomą perdirbimo maišą ir įdėjo lėlę į jį kojomis į priekį.

Jis užrakino namus, sėdo į automobilį ir išvažiavo per miestą. Privažiavus prie pastato, durininkas jį atpažino, todėl jam nereikėjo rodyti ženkliuko. Gerai, nes lėlę jis nešėsi dideliame permatomame maiše.

„Aš jus nuvesiu į viršų, - pasakė registratūros vadybininkas Metju Baris (Matthew Barry). Jis nuvedė į liftą ir pakėlė į septintąjį aukštą.

Lifte pakeliui aukštyn Mileris uždavė sau daugybę klausimų, pavyzdžiui, ką jis daro ir kodėl, bet atsakymų nesulaukė.

Vienintelis dalykas, kurį jis tikrai žinojo, buvo tai, kad nuo tada, kai paėmė į rankas lėlę, jausmas, kuris graužė jo vidų, susilpnėjo. Jam artėjant prie kambario, jis išnyko į antrą planą.

Baris pasuko raktą spynoje, ir BŪTINAI, sirena sušuko - nuo to Valdytojui atrodė, kad jo smegenys sprogs. Vargšas vaikinas spustelėjo visus ant sienos esančius mygtukus - stengdamasis priversti žiaurų garsą liautis. Kai niekas nepadėjo, jis užsidengė ausis, o galiausiai apsisuko ir išėjo rėkdamas iš kambario.

Sirenos paveikė ir Milerį, bet ne taip stipriai kaip vadybininką. Jis krito ant lovos, pagalvėmis prislopino garsą ir tikėjosi, kad netrukus jis liausis. Jis užmerkė akis ir aptemo. Kai atsibudo, pagalvės gulėjo ant grindų, o kambaryje buvo tylu.

Jis gurkštelėjo truputį vandens, tada truputį papurškė ant veido. Jis pastebėjo, kad kilimas buvo naujas, šį kartą pliušinis. Tada jis pamatė dar kai ką: naują Van Gogo paveikslą „Saulėgrąžos", įdėtą į senovinį auksinį rėmelį.

Kol iš čiaupo lašėjo vanduo, jis apžiūrėjo paveikslą. Nepastebėjo jokio judesio, tada prisiminė lėlę. Jis pamatė plastikinį maišelį ant grindų šalia lovos: jis buvo tuščias.

Kraipydamas galvą jis apsisuko ir nuėjo prie durų, o kai uždėjo ranką ant durų rankenos, pasigirdo vaikų balsų serenada:

Ačiū už gėles,
Ačiū už medžius,
Ačiū už krioklius,
Ačiū už vėjelį.
Dabar mes esame čia kartu.
Laisvi nuo žalos ir skausmo
Ačiū, seržante Miller
Už tai, kad vėl sugrįžai.

Tie žodžiai ir melodija vis sukosi jo galvoje. Dienomis, savaitėmis, mėnesiais, metais.

EPILOGAS

Mileris išėjo į pensiją, gavęs paskutinį prašymą atlikti tarnybines pareigas. Jis pasibeldė į Džudi Smit duris.

„Atėjau pas Džeraldą", - pasakė jis.

Jis nusekė paskui Džudi laiptais aukštyn: „Seržantas Mileris atėjo pas jus".

Ji stovėjo tarpduryje, o Mileris paspaudė Džeraldui ranką ir įteikė jam piliečio padėką.

„Padėjote mums išspręsti bylą, - pasakė Mileris. „Ir toliau puikiai dirbkite."

„Ar galiu gauti jūsųdviejų nuotrauką?" Džudi paklausė.

Mileris linktelėjo galva ir jis su Džeraldu šnektelėjo, o ji nusileido laiptais žemyn ir vėl grįžo su telefonu rankoje.

„Sakyk sūrį", - pasakė ji.

Padaręs kelias nuotraukas Mileris atsisveikino ir iškeliavo namo. Jis tikėjosi ramios nakties su žmona - nežinojo, kad jo laukia didžiulis netikėtas išėjimo į pensiją vakarėlis.

Padėkos

Mieli skaitytojai,

Ačiū, kad skaitote „ Visų vaikai", kurio pirmąjį variantą pirmą kartą parašiau per Nacionalinį romano rašymo mėnesį 2013 m.

Pirmąjį juodraštį baigiau, padariau keletą smulkių pataisymų ir išsiunčiau jį beta skaitytojams, kad sužinočiau, kaip jį galima patobulinti ir ar jis jiems patiko. Keturiems iš penkių skaitytojų (kurie buvo kolegos autoriai) nepatiko nei Katie, nei Bendžaminas, ir jie norėjo, kad perrašyčiau personažus, kad jie būtų panašesni į jų pačių vaikus ir pan. Paėmiau juos šalin, kad apmąsčiau, kol dirbsiu prie kitų projektų.

Galiausiai nusprendžiau laikytis savo nuomonės. Kiti autoriai galėjo rašyti savo personažus taip, kaip norėjo. Jei visi rašytume savo personažus vienodai, kokia būtų prasmė? Tai buvo mano personažai ir jie pasirinko mane, kad papasakočiau jų istorijas. Turėjau papasakoti jų istorijas taip, kaip jie norėjo, kad jos būtų išgirstos. Šiuo požiūriu mano personažai ir aš pats buvome sinchronizuoti.

Dėl to ėmiau ieškoti raidos redaktorės ir radau puikią redaktorę, už kurios pagalbą ir padrąsinimą visada būsiu dėkingas.

Tačiau „Kiekvieno vaikas" dar nebuvo baigtas. Jį turėjo perskaityti nauji beta skaitytojai, ir tai buvo padaryta. Šį kartą uždaviau jiems klausimų, ypač man rūpėjo duonos trupiniai. Ar palikau pakeliui pakankamai, kad skaitytoją nuvesčiau prie sukrečiančios išvados? Vienas iš penkių skaitytojų manė, kad atskleidžiau per daug, ir paprašė sumažinti trupinių skaičių. Galbūt jums bus įdomu sužinoti, kad iš pradžių ji atspėjo neteisingai, bet perskaičiusi dar kartą suprato daugiau mano pateiktų užuominų.

Naudodamasi proga norėčiau padėkoti savo korektoriams, beta skaitytojams, redaktoriams už atsidavimą man ir šiam projektui. Jūsų indėlis buvo vertingas - nesvarbu, ar priėmiau jūsų pasiūlymus, ar ne. Už tai, kad padėjote man paversti „Kiekvieno vaiką" geriausiu, koks tik gali būti. Galbūt Stephenas Kingas būtų galėjęs/galėtų padaryti daugiau. Bet aš nesu Stephenas Kingas.

Taip pat dėkoju šeimai ir draugams, kurie mane palaikė per tamsą.

Ir kaip visada, laimingo skaitymo!

Cathy

Apie autorių

Daugybę apdovanojimų pelniusi autorė Cathy McGough gyvena ir rašo Ontarijuje, Kanadoje, kartu su vyru, sūnumi, kate ir šunimi.

Taip pat pagal:

GROŽINĖ LITERATŪRA

Ribby paslaptis

13 trumpų istorijų (tarp jų: Skėtis ir vėjas; Margaretos apreiškimas;

Kiaulpienių vynas (Skaitytojų mėgstamiausios knygos apdovanojimo finalininkas)))

Interviu su legendiniais rašytojais iš anapus pasaulio (2. vieta geriausios literatūros knygos 2016 m. METAMORPH PUBLISHING)

Plius dydžio deivė

NEMOKSLINĖ LITERATŪRA

103 lėšų rinkimo idėjos tėvams savanoriams, dirbantiems su mokyklomis ir komandomis (3RD PLACE BEST REFERENCE 2016 METAMORPH PUBLISHING)

+ VAIKŲ IR JAUNIMO KNYGOS